BRUCIO PER TE

IL FUOCO DELLA PASSIONE

J.H. CROIX

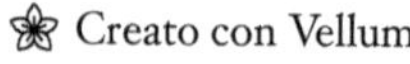 Creato con Vellum

Capitolo Uno

HOLLY

Comunicazione di servizio: l'amore fa schifo.

I trenta erano ormai alle porte. Mi mancavano soltanto due anni — troppo pochi, a mio parere — e l'angoscia cominciava a farsi sentire. Ma, soprattutto, il fatto che me ne preoccupassi così tanto proprio non mi andava giù. Non mi piaceva vedermi come una di quelle donne ossessionate dall'età.

A quanto pare, però, lo ero davvero. O almeno, lo ero diventata. Ecco, un altro problema era che, in quegli anni, tutte le mie amiche avevano già trovato l'amore. Ero contenta per loro, certamente. L'avrei potuto giurare su tutto ciò che avevo più caro, croce sul cuore. Però, dentro di me, cominciavo a sentirmi un pesce fuor d'acqua. Le mie amiche avevano già dei bambini. Dei bambini! Mentre io, invece, non ero neanche riuscita a trovare un uomo, o una donna, o una creatura mitica da amare, figuriamoci cominciare a procreare. Mai e poi mai sarei diventata una zitella acida.

Detto ciò, trovare qualcuno in una piccola cittadina dell'Alaska non era affatto semplice. Amavo

Willow Brook. Era il mio paesino natale e non ero di quelle persone che riuscivano ad apprezzarlo soltanto dopo averlo lasciato. Non che ci fosse nulla di male, ovviamente. Ero circondata da tantissimi amici e dalla mia famiglia, quindi non me la sarei mai sentita di andarmene. Ma voglio proprio vedere chi riuscirebbe mai a incontrare un volto nuovo in un posto in cui praticamente tutti ti conosco da quando andavi all'asilo.

Anzi, mi correggo: da appena nata. Ma di quel periodo io non ricordavo nulla, quindi speravo con tutta me stessa che valesse lo stesso anche per gli altri. Ma tutto questo discorso conduce a un punto ben preciso. O meglio, a un luogo e un evento, e al motivo per cui mi trovavo proprio lì.

Sistemai un po' meglio il costume da infermiera attillato che indossavo. Nella vita reale, le infermiere come me indossavano divise e scarpe pratiche. *Nulla* di così sexy. Anzi, non era tanto importante presentarsi bene, ma avere vestiti comodi e da cui si potesse ripulire facilmente il sangue. Era davvero esilarante che proprio un costume da infermiera venisse reso e considerato sexy. Credetemi, non c'era nulla di sexy in un lavoro che ti portava a contatto con i fluidi corporei e ti mostrava il lato più vulnerabile delle persone.

Però io lo amavo comunque. Ero una caposala del pronto soccorso dell'ospedale di Willow Brook. Vivevo nel mio posto preferito al mondo e avevo il mestiere dei miei sogni. Anche di fronte a un caso semplicissimo, come magari un turista a caso che aveva avuto un incidente con un amo da pesca, io mi sentivo realizzata comunque.

Lavoro magnifico, paese magnifico, amici e familiari magnifici... e la bellezza di *zero* potenziali partner. Probabilmente era proprio per quel motivo che mi trovavo a quell'evento. Ero ad Anchorage a una raccolta fondi per l'ospedale e, per qualche assurdo motivo, mi ero offerta volontaria per un appuntamento da mettere all'asta. Alla fine, avevo accettato perché speravo di divertirmi. Lì non mi conosceva nessuno, quindi magari... magari... sarei riuscita a incontrare qualcuno.

Con un'oretta di distanza tra Anchorage e Willow Brook, la possibilità di trovare una persona nuova scintillava sopra un orizzonte invisibile. Ma soprattutto, Anchorage era una città vera e propria.

In attesa nel backstage, un senso di ansia mi stava tormentando. La raccolta fondi era stata organizzata per Halloween, motivo per cui indossavo un costume. Era la prima volta, da quando ero diventata infermiera, che mi vestivo in modo tanto provocante.

Caspita, ero proprio uno spettacolo per gli occhi. Il seno fin troppo generoso era schiacciato nel top stretto, rischiando di strabordare da un momento all'altro.

Era uno di quei costumini classici, che nessuna infermiera vera avrebbe mai indossato sul lavoro. Bianco e attillato sul torso, aveva una camicetta aderente con i bottoni nel mezzo, la vita stretta e una gonnellina corta che copriva a malapena il sedere troppo grosso. Un pochino mi vergognavo di andarmene in giro conciata a quel modo.

La mia vecchia amica Megan, collega durante gli studi di infermieristica, non me l'aveva mica detto che quei costumi erano così suggestivi. Mi sentivo una spogliarellista.

"Oddio, stai da dio!" commentò Megan, come se mi avesse letto nel pensiero dall'altra stanza. Si chiuse la porta alle spalle ed entrò nel piccolo camerino dietro al palcoscenico.

L'evento si svolgeva in un grande auditorium nel centro di Anchorage, utilizzato di frequente per spettacoli locali e simili.

"Non me l'avevi detto che è minuscolo," affermai, fissandola duramente.

Megan scrollò le spalle. "Sei una bomba sexy. Senti, l'ho fatto pure io. Guarda qua," disse, indicando il suo corpo.

"E perché tu saresti una pescatrice?" le chiesi, esaminando il suo costume.

Indossava degli stivaloni di gomma rosso acceso, dei pantaloni attillati e una canottiera aderente in seta. Certo, era particolarmente scollata, ma di certo non tanto succinta quanto il mio outfit.

Megan mi sorrise. "Sei molto più sexy di me. Io dietro sono una tavola, mentre tu hai delle curve vertiginose. Ma non sono venuta a parlare di costumi. Tra dieci minuti tocca a te. Non sai quanto sono felice che alla fine hai accettato! Scommetto che, tra tutte, sarai quella che riceverà l'offerta più alta."

"Sembri quasi un pappone. Mi sento onorata."

Al mio commento, Megan rimase imperturbabile. Mi fece semplicemente l'occhiolino, prima di continuare. "E io sono onorata di essere il tuo pappone. Se vuoi che ti trovi un uomo, non ti basta che chiedere. Dai, andiamo," disse, facendomi cenno di seguirla. "Avremmo dovuto tenerti per ultima, perché sei senza dubbio la più bona di tutte."

Dato che ormai quasi tutte le mie migliori amiche erano sposate, fidanzate ufficialmente, incinte o su quella via, Megan era rimasta una delle poche con cui potevo lamentarmi dei miei problemi con gli uomini. Proprio come me, anche lei era ancora single. A differenza mia, invece, non cercava l'amore.

Mentre camminavo lungo il corridoio, gremito di

gente intenta in vari preparativi, un senso di angoscia mi strinse lo stomaco e una vampata di calore mi travolse. Tutto d'un colpo, mi resi conto di quanto fosse assurdo quello che stavo faccenda. All'inizio, mi era parsa un'idea divertente e carina. Ma in quel momento, con le tette che rischiavano di far scoppiare i bottoni del costume da infermiera, il sedere mezzo nudo e i piedi che soffrivano nei tacchi alti rosso fuoco, mi sentivo una ragazzina timida.

Ringraziai il cielo perché nel backstage potevo fare rifornimento di alcolici. Mi fermai al bar, ovvero un tavolino di plastica improvvisato, e sorrisi al barista, che mi rivolse un sorrisetto affascinante.

"Cosa prendi, cara? Sei splendida, ci farai guadagnare una montagna di soldi."

Presi una bella boccata d'aria e sospirai. Quel ragazzo non mi stava mangiando con gli occhi, il che mi tranquillizzò un poco. "Due shot di tequila, grazie," risposi.

Il suo sorriso si addolcì. "Ti consiglio di prenderne soltanto uno. Sono Ethan, comunque."

"Holly," replicai. "E credo di volerne comunque due. Com'è che sei finito a fare il barista qui dietro?"

Con una risata, Ethan mi versò uno shot... Bello pieno, ma soltanto uno. "Io e il mio partner Jack siamo i proprietari delle gallerie Midnight Sun Arts qui ad Anchorage e in altre città. Aiutiamo spesso nell'organizzazione di serate di beneficienza. Questa qui è davvero speciale. Tutti i soldi raccolti, fino all'ultimo centesimo, finiranno in un fondo destinato a coprire i pazienti senza assicurazione di tutta l'Alaska. È per questo che ci siamo impegnati così tanto. Tutte le persone che vedi sono qui come volontarie."

Mi passò il primo shot. "Cominciamo da uno."

"Oh, no," dissi, scuotendo la testa. "Ho solo dieci minuti. Me ne servono due."

Buttai giù la tequila, godendomi il piacevole bruciore che scendeva lungo la gola. Ethan mi lanciò un'occhiata, ma riempì comunque un altro bicchiere. Dopo il secondo shot, sentivo di avere abbastanza coraggio liquido nelle vene per superare quella follia a cui stavo andando incontro.

Nell'attesa, rimasi a chiacchierare con Ethan, il cui spirito alla mano riuscì a calmarmi i nervi. Qualche minuto dopo, Megan mi trascinò sul palco.

Appena vi misi piede, la tensione svanì nell'aria. Probabilmente perché ero abbastanza brilla da fregarmene completamente. Come mi era stato istruito in precedenza, camminai lungo il palco e feci una piroetta, rischiando pure di cadere. Grazie al cielo che con tutte quelle luci fortissime non riuscivo a vedere la folla, dato che si era sollevata una risata.

Il banditore aprì dunque l'asta. In men che non si dica, qualcuno "comprò" un appuntamento con me per cinquemila dollari. Proprio così... cinquemila dollari.

Stordita e alticcia, scesi dunque dal palco e tornai nel backstage. Megan mi fece l'occhiolino e sollevò il pollice, soddisfatta. Ethan, che ormai avevo adottato come mio nuovo migliore amico, mi portò nella stanza in cui avrei dovuto incontrare la persona misteriosa che aveva comprato quell'appuntamento con me. Ci fermammo di fronte alla porta e mi rivolse un sorriso affettuoso.

"Beh, cara, quell'uomo ti voleva proprio tanto. Hai appena battuto il nostro record di ben duemila dollari."

Senza riuscire a dire niente, mi trovai ad annuire. Con la tequila in circolo, non me ne fregava più nulla. Sarà anche stata una follia, ma perlomeno ero riuscita a racimolare cinquemila dollari per l'ospedale. Ethan mi fece entrare nella stanzetta, dove c'erano un tavolo con delle bottiglie di alcolici e due sedie. Era come se avessero sparpagliato alcool un po' ovunque per dare alla gente il coraggio necessario per fare una stronzata simile. In fondo, io stessa ero la prova vivente che avevano fatto bene. Onestamente, non sapevo neanche come funzionasse l'intera faccenda. Mi era parso di capire che il benefattore poteva scegliere se avere l'appuntamento quella sera stessa oppure in seguito. Date le mie condizioni, probabilmente sarebbe stato meglio rimandare a un'altra volta.

Neanche un momento dopo, la porta si aprì di nuovo. Appena posai gli occhi sull'uomo in questione, rimasi letteralmente a bocca aperta. Al posto del benefattore, nella stanza entrò Nate Fox nel suo metro e novanta di gloria, con i riccioli castani spettinati, due penetranti occhi marroni e il fisico sensuale come il peccato.

Nate Fox era nientemeno che il migliore amico del mio gemello e il fratello minore del marito della mia migliore amica.

Ma come se non bastasse, avevo sempre avuto una cotta per Nate. Anzi, circa un anno prima, dopo aver bevuto troppo a una festa, c'era mancato davvero pochissimo che non me lo scopassi nel guardaroba di un'amica.

Eravamo stati interrotti al momento giusto da Alex, mio fratello. Tonto com'era, non si era reso conto proprio di nulla. Oppure invece l'aveva capito, ma aveva preferito ignorare il modo in cui mi ero sistemata in tutta fretta la camicetta, che però avevo perfino riabbottonato male.

Da quel momento in poi, pur incontrandoci quasi tutte le settimane, io e Nate eravamo riusciti a mantenere le distanze. Impresa a dir poco ardua, frequentando entrambi gli stessi gruppi ristretti di amici. Nate ce l'aveva praticamente scritto in faccia che non voleva avere nulla a che fare con me, quindi mi ero convinta che a quella festa fosse stato l'alcool a spronarlo. Sapevo di dover togliere la testa dalla sabbia e smettere di sperare in qualcosa di più.

Appena la porta si richiuse alle sue spalle, la tequila che avevo in corpo provocò una reazione immediata. "E tu che diamine ci fai qui?" gli domandai.

Nate attraversò la stanza, fermandosi a neanche mezzo metro da me.

"Cosa diamine ci fai *tu* qui?" replicò, il tono duro mentre mi scrutava con aria seria.

"A te cosa sembra? Sto partecipando alla raccolta fondi per l'ospedale. Levati di torno." Agitai la mano. "Qualcuno ha pagato cinquemila dollari per questo appuntamento, quindi non voglio che la tua presenza rovini tutto," ribattei, biascicando un poco le parole.

Nate mi fissò per un istante, finché un luccichio malizioso non gli entrò negli occhi e un sorriso gli incurvò l'angolo della bocca. "Oh, non preoccuparti. Sono stato io a comprare l'appuntamento con te."

Una vampata di calore mi travolse e mi sentivo tutta un fuoco, mentre il desiderio che gli velava gli occhi mi chiuse lo stomaco. Nate mi faceva impazzire. Lui e Alex erano migliori amici da una vita. Se quando avevo dieci anni qualcuno mi avesse detto che un giorno l'avrei mai trovato sexy, probabilmente avrei riso fino a pisciarmi addosso.

Tra di noi c'era sempre stato un rapporto normale, fino a un anno prima. Come se placche tettoniche si fossero mosse all'improvviso, da un giorno all'altro avevo cominciato a notare quanto era maledettamente bello. Quella pomiciata alla festa era stato l'errore più grosso della mia vita. Quell'idea astratta di desiderio si era trasformata in qualcosa di concreto, molto reale e molto intenso.

Tuttavia, Nate mi causava fastidio fisico. Mi diceva sempre cosa fare, proprio come mio fratello. Non potevo permettermi di sentirmi attratta da lui. Purtroppo, però, il mio corpo la pensava diversamente. Proprio in quel momento, sentivo che le mutandine si stavano già arrendendo al suo fascino.

"Oh, non credo proprio. Possiamo rifare tutto daccapo. Vedrai che non avranno problemi a farti un rimborso."

Nel frattempo, però, sentivo i capezzoli che premevano contro il tessuto della camicetta, mentre il sesso pulsava violentemente al ricordo delle sue dita affondate nella mia carne.

Capitolo Due

NATE

Holly Blake era di fronte a me, un'aria di sfida sul volto, e stava mettendo a dura prova il mio autocontrollo. Ma in fondo, era quello che ormai faceva da *anni*. Con i folti capelli biondi che le ricadevano morbidi sulle spalle e il corpo formoso stretto in quel suo costumino attillato, facevo perfino fatica a ragionare.

In quel momento, neanche ricordavo come c'ero finito a quella cazzo di raccolta fondi. Non che avessi nulla contro eventi simili. Il mio cervello riuscì a superare quel velo spesso di desiderio puro creato dalla mera presenza di Holly. Giusto, un amico mi aveva convinto a partecipare perché l'avevano coinvolto nell'organizzazione. Mi trovavo lì soltanto per offrirgli supporto morale. Mai mi sarei aspettato di presentare la mia offerta per comprare un appuntamento con una donna. Ma appena Holly era salita sul palco, sapevo che non avrei mai potuto permettere a nessun altro uomo di vincere un'uscita con lei.

Ero rimasto assolutamente senza parole — cosa che, bisognava ammetterlo, non accadeva spesso —

quando Holly era apparsa su quel palco nel costumino da infermiera più sexy che avessi mai visto. Cristo santo. Se fossi riuscito a trattenermi dal fotterla lì sull'istante, contro la parete, avrebbero dovuto darmi una cazzo di medaglia.

Il seno strabordava dalla camicetta attillata ed ero sicuro che, se si fosse piegata anche solo un pochino in avanti, avrei visto le mutandine. Una parte di me si chiese se fossero rosse, in pendant con le scarpe.

Feci un bel respiro profondo, tenendo a freno quel desiderio che mi galoppava dentro. Che accidenti aveva detto? Oh, giusto.

"Ho fatto l'offerta vincente e non voglio il rimborso," replicai.

I suoi occhi marroni si allargarono appena, per poi socchiudersi. Ero sicuro fosse un poco brilla. Holly non era solita trattenersi, ma quella sera mi pareva più... spensierata del solito.

"Perché?" mi chiese.

"Cristo, Holly. Ti sei messa a sfilare su quel palco mezza nuda. Fidati, ho visto gli altri offerenti. Ti è andata davvero bene. Il tipo che ho battuto all'ultimo avrà avuto sulla settantina. Non che abbia qualcosa contro gli anziani, ma non credo fosse il tuo tipo. E poi che cavolo ci fai qui, scusami?"

Ero consapevole del mio tono duro. Sapevo benissimo che non avevo alcun diritto di arrabbiarmi con lei, ma era più forte di me.

Holly si voltò dall'altra parte, sollevò la mano e mi fece il dito medio, mentre si allontanava dall'altra parte della stanza. Non che ci fosse poi molto spazio, all'interno. Quando si fermò, si girò di nuovo e incrociò le braccia sul petto, divaricando un poco le gambe.

"Te l'ho già detto che cosa ci faccio qui. Sono

venuta a raccogliere fondi per beneficienza. Ecco perché sono qui. E ci mancavi soltanto tu a rovinare tutto! Potevo conoscere qualcuno di nuovo e, invece, sono bloccata qui con te."

Provare a metabolizzare le sue parole mi fece venire il capogiro. "Che cazzo vuol dire che vuoi conoscere qualcuno?"

Holly sospirò e si lasciò cadere le braccia sui fianchi, lasciando una mano sull'anca. Quella donna era tentazione pura. Di solito teneva i capelli biondi raccolti in una coda di cavallo frettolosa e indossava il camice. Pur quando non provava neanche a farsi bella, era comunque sexy come il peccato. Ma con quel costumino?

Ero proprio fottuto.

"Mi serve un altro shot," mormorò, voltandosi per raggiungere un tavolino nell'angolo dove, guarda caso, c'erano degli alcolici. Un attimo dopo, si versò uno shot di tequila e lo scolò in mezzo secondo.

"A Willow Brook non c'è nessun buon partito," mormorò, riportando lo sguardo su di me. "Quindi ho pensato di approfittare di questa serata per raccogliere qualche soldo per l'ospedale e magari conoscere pure qualcuno. Non te, però. Non volevo incontrare proprio te."

Rimasi senza parole per la seconda volta.

Fanculo.

Le andai incontro, la presi per mano e la attirai a me.

"Cosa stai facendo?" mormorò, quando il suo corpo finì contro il mio.

"Non hai bisogno di conoscere qualcuno," dissi piattamente.

Il suo respiro sibilò tra i denti. Quando respirò profondamente, il seno premette contro il mio petto.

Fu allora che mi resi conto dell'errore di calcolo commesso. Perché, in fondo, non potevo starle così vicino e non desiderarla. Ardentemente.

Appiccicati com'eravamo, avrebbe senz'altro notato che ce l'avevo duro come il marmo e pronto per lei. Mi guardò ancora male e poi conficcò un dito nel mio petto.

"Tu non puoi permetterti di dirmi se ho bisogno o meno di conoscere qualcuno. Non sei il mio guardiano, quindi non azzardarti a comportarti come tale."

"No, hai ragione. Però ti voglio e so che tu vuoi me. Quindi smettiamola di girarci intorno e passiamo all'azione."

Rimase letteralmente a bocca aperta e il rossore che le tinse le guance mandò un'altra ondata di sangue all'inguine.

"Mica puoi sapere se ti voglio o no," annunciò, conficcandomi di nuovo il dito nel petto. "Come se poi non avessi passato tutto il tempo a ignorarmi."

"Quindi mi stai dicendo che hai dimenticato il bacio dell'anno scorso?" le chiesi sottovoce, facendo scivolare la mano lungo la curva della sua schiena per raggiungere il sedere. Con una natica ben stretta tra le dita, mi strofinai un poco contro di lei.

Holly alzò gli occhi al cielo. "E quando avrei detto che l'ho dimenticato? Però ricordo anche che te la sei data a gambe levate. Non sono un'idiota. Non voglio aggiungermi alla lista di sveltine con cui ti diverti a passare il tempo. Ho quasi trent'anni e ho bisogno di un rapporto reale, non di te e le tue stronzate."

"Oh, tesoro, qui non c'è nessuna stronzata."

Cedetti finalmente a quel desiderio che stavo tenendo a bada ormai da troppo tempo. Poggiai la bocca sulla sua e un grugnito mi sfuggì quando una scossa elettrica si scatenò dal punto di contatto.

Era come se avessimo ripreso da quel bacio di un anno prima. Il mio corpo sapeva esattamente cosa voleva. Invasi la sua bocca calda con la lingua, assaporando il gemito gutturale che le sfuggì delicato dalle labbra, mentre inarcava la schiena contro il mio corpo.

Proprio quando ormai avevo dimenticato dove fossimo e cosa diamine stessimo facendo, qualcuno bussò con forza alla porta. Holly si staccò dal bacio e indietreggiò. La porta si spalancò ed entrò uno dei ragazzi che avevo visto alla biglietteria al mio arrivo.

"Come ve la passate?" domandò con un sorriso, guardando entrambi.

Ci eravamo baciati per neanche un minuto, ma Holly aveva già le labbra gonfie e la pelle arrossata, mentre la mia erezione era ben visibile sotto la patta.

Holly si voltò verso l'uomo. "Oh, Ethan. Meno male sei qui. Abbiamo un problema."

Che cazzo sta facendo?

Holly gli si avvicinò e lo prese a braccetto, per poi puntarmi un dito contro. "Lui non va bene. Siamo cresciuti insieme, quindi non può funzionare," dichiarò, piattamente.

Ethan strinse le labbra per reprimere un sorriso, poi portò per un secondo lo sguardo su di me prima di riportarlo nel suo. "Tesoro, purtroppo non funziona così. Ha comprato un appuntamento con te. A meno che non ci siano problemi di violenza o sicurezza, le tue opzioni sono due: o ci esci insieme oppure lo rimborsiamo. A meno che non decida lui stesso di rinunciare all'appuntamento," disse, con cautela.

"Non può usare quei soldi per comprare un appuntamento con un'altra?" chiese Holly, imperterrita.

Stavo provando a mantenere la calma, ma le sue parole mi fecero incazzare. "No," affermai con fermezza. "Non sei costretta a uscire con me, ma non voglio pagare un'altra. Prima che ti inventi qualche storia ridicola..." Mi fermai brevemente per portare lo sguardo su Ethan. "Sono il migliore amico del suo gemello. Ci conosciamo da una vita. Non c'è nulla di nefasto dietro."

Ethan non disse nulla e fece rimbalzare lo sguardo tra di noi. "Molto bene, allora sono certo che riuscirete a trovare una soluzione da soli. Holly," disse, liberandosi con delicatezza dalla sua presa. "Se vuoi che gli facciamo un rimborso, fammi sapere. Altrimenti, per il momento vi lascio soli."

Appena si chiuse la porta alle spalle, mi avvicinai a Holly. Manco a farlo apposta, si trovava accanto alla parete. Posai le mani sul muro alle sue spalle e inchiodai gli occhi nei suoi.

"Sei una codarda," dissi seccamente.

"Non sono una codarda!"

"E invece sì. E poi mi sa che mi stai screditando un po' troppo."

"Come scusa?"

"Hai ragione. Dopo quel bacio, ho mantenuto le distanze. Perché? Perché non volevo fare stronzate. Sei la sorella del mio migliore amico, quindi è complicato. Non ho mai voluto nessuno tanto quanto voglio te. Non mi sentivo ancora pronto a portare il nostro rapporto a un livello successivo. Ma ora lo sono. Adesso sta a te decidere cosa fare."

Rimasi fermo per un momento, poi le feci scivolare le dita sulla spalla, fermandomi a stuzzicare un capezzolo turgido e giungendo sulla morbida curva del fianco. Dovetti fare appello a tutto il mio autocontrollo per non scendere oltre.

Al che, feci un passo indietro. "Mi devi un appuntamento. Se rifiuti, dimmelo subito. In quel caso, ti lascerò in pace, ma non prendermi per il culo."

Il suo respiro si fece affannato. Cambiò posizione e sentii vagamente il suono delle cosce che strofinavano insieme. Non avevo dimenticato quanto l'avevo fatta bagnare l'anno prima, quando avevo perso completamente la ragione e per poco non l'avevo scopata a una festa.

Holly mi fissò e sollevò appena il mento. "Non rifiuto. Dove e quando?"

"Decidi tu. Ma non stasera. Mettiamo in chiaro una cosa. Sarà un appuntamento vero. Non voglio prendere qualcosa da bere al Wildlands o un caffè al Firehouse. Col cavolo. Scegli un ristorante e un hotel. Dopotutto, ho pagato cinquemila dollari."

"Non sono la tua puttana," ribatté.

Eliminai di nuovo la distanza tra di noi e catturai le sue labbra in un altro bacio. Baciare Holly era un po' come giocare con della dinamite. Aggrappandomi saldamente al mio autocontrollo, sollevai nuovamente la testa.

"No, assolutamente no. Perché, in fondo, anche tu lo vuoi tanto quanto me."

Capitolo Tre

HOLLY

Mi allungai sul bancone della postazione degli infermieri e presi la tazza di caffè ormai freddo. Era quasi mezzanotte, orario solitamente tranquillo al pronto soccorso di Willow Brook. Con un sorso, feci roteare la sedia al suono del mio nome. Sfortunata come sempre, nel movimento brusco mi rovesciai addosso il caffè rimasto.

E mi ritrovai faccia a faccia con Nate Fox.

Grandioso. Assolutamente *grandioso*.

Un sorrisetto lento gli incurvò gli angoli della bocca, al che uno stormo di farfalle prese a vorticarmi nello stomaco, mentre un rossore mi tingeva le guance.

"Ma ciao, Holly," disse pacato, facendo cadere lo sguardo sulla macchia di caffè, che mi copriva ovviamente il seno.

"Cazzo," mormorai. Mi voltai e trovai una confezione di fazzoletti nell'angolo della scrivania. Ne presi una manciata e cominciai a tamponare il tessuto, anche se inutilmente, e alla fine li gettai nella spazzatura.

"Così sì che va meglio," commentò Nate con sarcasmo, un sorrisetto divertito sulle labbra.

Mi costrinsi a mantenere la calma e sollevai lo sguardo, con un sorriso rassegnato. "Ehi, Nate. Cosa posso fare per te? Non mi sembri infortunato."

Sollevò dunque il polso e, solo allora, notai che ce l'aveva gonfio.

"Non capisco se l'ho rotto o semplicemente slogato," affermò.

"Oh, ok. Ti porto subito in una sala visite. Seguimi," gli dissi, lasciando la tazza sul tavolo e schizzando fuori dalla postazione.

Per quanto fossi preoccupata per lui, allo stesso tempo ero felice di potermi finalmente concentrare su qualcosa. Il mio corpo andava ancora a fuoco ogni volta che ripensavo al nostro ultimo incontro. Cosa che capitava spesso. *Molto* spesso.

Dalla sua faccia impassibile, proprio non capivo se gli facesse male o meno. Ma un uomo come lui aveva un'alta tolleranza del dolore. E gli uomini come lui mi facevano impazzire. Però non potevo fermarmi a contemplare quanto fosse riuscito a infiltrarsi nella mia mente e a conquistare il mio corpo. Dovevo rimanere assolutamente professionale.

Quell'uomo era la virilità fatta a persona ed era fin troppo bello per il suo stesso bene. Con i capelli castano scuro, gli occhi marroni e un corpo che faceva venire l'acquolina in bocca, aveva una sfilza di donne che gli sbavavano dietro. Lavorava come pilota estremo e volava su tutti i cieli dell'Alaska, che fosse in elicottero o in aereo, per traghettare avventurieri spericolati, consegnare merci e offrire supporto alle squadre di pompieri hotshot ovunque e ogniqualvolta potessero aver bisogno di un passaggio. Era un uomo che amava il rischio e l'avventura, e sapeva benissimo come tormentarmi. Riusciva a farmi perdere completamente la ragione e quell'ultimo incontro intimo per poco non mi aveva spinta oltre il limite.

Ricacciai quei pensieri in un angolino remoto della mente e attraversai il corridoio con lui al mio fianco, ben consapevole della sua presenza. Era possente ed emanava una sensualità provocante che mi faceva fremere dalla testa ai piedi. Riportai l'attenzione sul presente. In quel momento, si era presentato al pronto soccorso nel cuore della notte perché si era infortunato la mano. In vece di caposala in servizio, dovevo fare il mio maledettissimo lavoro e non perdermi in fantasticherie.

Mi rimproverai di essere poco professionale e di essermi lasciata trasportare troppo dall'immaginazione. Lavorando al pronto soccorso di un paesino piccolo come Willow Brook, mi capitava spesso di visitare amici e familiari. Faceva parte del mestiere. Non ero solita dare troppo peso alla cosa, ma l'avere Nate come paziente avrebbe di sicuro messo a dura prova i miei limiti.

Dopo l'episodio all'evento, beh, avevo fatto di tutto per evitarlo il più possibile, limitandomi alle interazioni basilari di cortesia. Il che non era affatto semplice, aggiungerei. Avevamo tantissimi amici in comune, era il migliore amico di mio fratello e sua cognata era la *mia* migliore amica.

Mi fermai di fronte alla porta di una sala visite vuota e lo invitai ad accomodarsi. "Entra pure. Do un'occhiata per vedere se c'è bisogno di una radiografia."

Nate si sedette accanto al bancone che correva lungo la parete. Presi dunque una sedia con le rotelle e mi misi davanti a lui, al che sollevò la mano infortunata. Con molta cura, la presi tra le mie. Era calda al tocco e gonfia nella zona delle nocche. "Cos'è successo?"

Portai lo sguardo nel suo e un *zap* di elettricità mi attraversò da capo a piedi. Maledizione. Quegli occhi… tenebrosi e pericolosi, con un perenne luccichio di malizia dentro.

Nate scrollò le spalle. "Stavo facendo qualche lavoretto all'aereo e per sbaglio ho staccato un blocca ruota e una delle gomme mi è rotolata sulla mano. Ha fatto un male cane. All'inizio però l'ho ignorato e ho continuato a lavorare. Adesso si è gonfiata, in caso non l'avessi notato," disse, con una risata profonda.

"Oh, eccome se l'ho notato. Su una scala da uno a dieci, seriamente, quanto ti fa male?" gli chiesi, mentre nel frattempo esaminavo la mano con cautela per sentire se si fosse rotto qualcosa. Purtroppo, però, era talmente gonfia che non si capiva molto.

Lasciai delicatamente la sua mano sul bracciolo della sedia, poi mi voltai e avvicinai il computer, trascinandolo con le rotelle.

"Direi un cinque," rispose.

"Solo un cinque?"

"Dico sul serio, sai," replicò, pur ridendo sotto i baffi. "Direi che un dieci lo senti quando ti sparano o quando hai un'ustione grave. Oh, fa un male tremendo anche questo, te l'assicuro. Non la smette di pulsare e spero che mi mandi a casa con qualche antidolorifico, altrimenti non credo riuscirei a dormire. Ma in fondo, sopravviverò. Ecco perché dico cinque."

La sua spiegazione mi strappò un sorriso. "Bel ragionamento. Aspetta giusto un attimo." Cliccai sullo schermo destro del computer e poi premetti il pulsante del microfono per chiamare il reparto di radiologia. "Ehi, Tad," dissi, appena rispose. "Sono qui con Nate Fox e c'è bisogno di fargli una radiografia alla mano. È talmente gonfia che non capisco se si è rotto qualcosa o meno. Non voglio toccarla troppo perché è in brutte condizioni."

La risata di Tad mi raggiunse. "Fammi un po' indovinare. Ha aspettato e non è venuto subito a farsi controllare, dico bene?"

Tad aveva frequentato le superiori con me e Nate, quindi ci conoscevamo tutti bene.

Nate intervenne. "Certo che ho aspettato. Però adesso mi sento un vero idiota, quindi prendimi pure per il culo quanto vuoi."

"Guarda, sto giusto finendo con un paziente. Datemi cinque minuti," rispose Tad.

"Perfetto." Chiusi la telefonata. "Allora, adesso aspettiamo qui qualche minuto e poi ti mando giù in radiologia."

Lo sguardo di Nate si spostò nel mio. Per un breve istante, una vampata di calore mi travolse. Dopodiché, lui mi fece l'occhiolino e il mio stomaco prese a fare le capriole. Mi voltai subito dall'altra parte e mi alzai in piedi per lasciare il mio portatile sul bancone. Avevo bisogno di stargli lontana. Concentrai tutta la mia attenzione sul foglio elettronico che avevo davanti e aggiunsi qualche dettaglio, spezzando il silenzio mentre continuavo a scrivere. "È probabile che la dottoressa Lane ti mandi via con degli antidolorifici, ma potrai prenderli solo una volta che arrivi a casa."

Quando mi voltai, Nate socchiuse gli occhi. "Se preferisci che li prenda subito e poi ti va di accompagnarmi a casa, per me non c'è alcun problema," affermò, la voce profonda e carica di significato.

"No, grazie," mi affrettai a rispondere, ignorando completamente quel brivido di eccitazione che mi aveva procurato il suo sguardo ardente.

Nate si alzò dalla sedia e, con una falcata, mi

raggiunse. Ero bloccata tra il suo corpo e il bancone, senza via di fuga. Poggiò le mani ai miei lati, lasciando quella gonfia sul ripiano, e mi ritrovai in trappola tra le sue braccia.

Il battito del mio cuore schizzò alle stelle e sentivo che mi mancava il fiato, mentre un senso di calore mi fluiva nelle vene.

"Abbiamo delle questioni in sospeso," disse lui, categorico.

Mentre mi aggrappavo alle redini della mia mente e del corpo — quel corpo che mi stava tradendo, con i capezzoli sull'attenti che cercavano disperatamente le attenzioni di Nate — provai a prendere un bel respiro profondo, annaspando in cerca di ossigeno. I suoi occhi si posarono sulla macchia di caffè che avevo sul seno e poi ritornarono nei miei, con un luccichio provocante che mi accese un fuoco dentro.

"Non capisco a cosa ti riferisci," riuscii infine a dire, mentendo spudoratamente.

Nate sfoderò un sorrisetto che mi infastidì alquanto.

"Ci siamo baciati. Tutto qui," aggiunsi.

"Oh, Holly," disse, con un *tsk* impertinente. "Quello non era un semplice bacio. Tu vuoi me e io voglio te. Non ha senso negarlo, quindi dovremmo fare qualcosa a riguardo."

Ah!

Ecco, il problema non era mica che io non lo desideravo. Anzi, avevo sempre avuto una cotta bella forte per lui, ma non avrei mai potuto ammetterlo. Io quell'uomo non lo trovavo semplicemente sexy. Mi faceva sognare cose che non avrebbero fatto altro che complicarmi la vita. Avevamo troppi amici in comune. Willow Brook era un paesino troppo piccolo per poterci permettere un'avventura spensierata e provare a raggiungere un accordo stupido come quello di "amici con benefici".

In passato, ero sopravvissuta alla tragica morte del mio fidanzatino delle superiori e col tempo ero riuscita a venire fuori da quell'incubo. Il che non era certo facile in una cittadina tanto piccola, dove tutti sapevano sempre tutto di tutti. Sapevo che non sarebbe stato affatto saggio lasciarmi trasportare da quelle emozioni folli che c'erano tra me e Nate, soprattutto perché lui non voleva nient'altro che un'avventura di una notte.

Nate Fox era il donnaiolo per eccellenza. Non era uno stronzo, ma non cercava neanche nulla di serio.

Ormai mi stavo autoconvincendo che sarei rimasta single per il resto dei miei giorni. Con tutte le mie amiche che ormai, come per effetto domino, si stavano innamorando, sposando o stavano avendo figli, cominciavo a sentirmi come la pecora nera del gruppo.

Bloccata contro il corpo solido e muscoloso di Nate, tentazione pura, mi fermai ad ammirarlo per un istante. Aveva dei begli occhi color espresso, i capelli corti di un castano intenso. La natura era stata fin troppo generosa con lui. Aveva la mascella squadrata, con una fossetta in mezzo al mento. Porca miseria, ne appariva anche un'altra sulla guancia ogni volta che sorrideva. Il naso se l'era rotto una volta da bambino, cadendo dalla bicicletta, ed era rimasto un poco storto.

Ecco, quando cresci con qualcuno, conosci perfino i più piccoli dettagli sulla sua vita. A dirla tutta, alle superiori mi ero presa una cotta per lui. Ai tempi, però, non mi aveva mai considerata. Tra di noi non c'era stato nient'altro che una semplice amicizia. Durante quegli anni, suo fratello maggiore Caleb ed Ella, la mia migliore amica, stavano insieme. Tramite loro avevo conosciuto Jake, il migliore amico di Caleb, e tra di noi era nata una storia. Jake mi piaceva e insieme ci eravamo divertiti tanto, ma non l'avevo mai considerato l'amore della mia vita. Poi un giorno, all'improvviso, morì in un terribile incidente stradale ed ero precipitata in un abisso dal quale non sapevo come uscire.

Mi salvò il suono del mio nome che riecheggiò dagli altoparlanti. Mandai giù il groppo alla gola e tirai un sospiro di sollievo quando Nate indietreggiò. "Il reparto di radiologia è al piano inferiore. Ti basta prendere l'ascensore e seguire i cartelli. Quando trovi Tad, ti darà ulteriori indicazioni," gli dissi, in tutta fretta.

Dopo averlo mandato in radiologia, ormai il mio lavoro con lui era terminato. Tad l'avrebbe in seguito mandato dalla dottoressa. Così, andai ad accogliere un nuovo paziente. Quel tipo aveva deciso di mettersi a lavorare da solo, nel suo garage, con una sega circolare e per poco non si era tagliato via un dito. Perché soltanto un genio avrebbe potuto decidere di rimuovere il blocco di sicurezza.

Capitolo Quattro

HOLLY

Un'ora dopo stavo camminando lungo il corridoio, alla fine del mio turno. L'ospedale di Willow Brook contava ber tre piani. Il pronto soccorso si trovava al secondo poiché la struttura era stata costruita sul pendio di una collina, dunque il parcheggio per il reparto d'emergenza era a livello col secondo piano. Il piano terra, invece, era parzialmente interrato, però il parcheggio per il personale si trovava proprio al piano più basso, all'estremità della proprietà.

Arrivai all'ascensore e, quando vi entrai, fui stupita di vedere Nate. Pensavo che ormai se ne fosse andato da tempo. Appena gli posai gli occhi addosso, il mio cuore prese a battere all'impazzata. Si era fatto piuttosto tardi, l'una di notte passata. Nell'ascensore c'eravamo soltanto noi due.

Un sorrisetto furbo gli incurvò le labbra. "Ma ciao di nuovo. Io qui ho finito. Non si è rotto nulla, ho solo preso una brutta botta," dichiarò, sollevando la mano chiusa in un tutore. "Vogliono che indossi questo coso, perché se dovessi muoverla troppo rischio solo di peggiorare la situazione."

Provai a ordinare al mio cuore di rallentare, ma mi ignorò spudoratamente, continuando a martellare contro le costole mentre un fuoco ardente mi vorticava dentro. L'incontro passionale di un anno prima mi aveva lasciata a pezzi. Col tempo ero riuscita a riprendermi, finché non ci eravamo ritrovati a quello stupido evento di beneficienza.

Si era tenuto l'ultimo ottobre, ad Halloween. Ormai eravamo a metà gennaio, ma ancora non avevo scordato quello che mi aveva detto quella notte. Toccava a me decidere che cosa fare. Nate aveva pagato cinquemila dollari per uscire con me. Per qualche motivo, però, non avevo più trovato il coraggio di ritirare fuori l'argomento. Nella mia testa ne avevo fatto una questione ancora più grande di quanto in realtà non fosse.

Ed eccoci lì, intrappolati in un ascensore. Da soli.

Codarda come non mai, gli chiesi, "Dovevi scendere a questo piano?"

I suoi occhi scuri si strinsero. Era come se potesse leggermi l'anima, scavare nel disordine delle mie insicurezze. Scosse la testa. "No."

Allungò l'altra mano e premette il pulsante per chiudere le porte, cliccando subito dopo quello di fermata. In un battito di ciglia, lo ritrovai al mio fianco. Avvolsi le dita attorno alla sbarra sottile che si allungava sulle pareti dell'ascensore, aggrappandomi con tutte le mie forze come fosse la mia ancora di salvezza.

Riuscivo a percepire il calore e la forza che emanava il suo corpo. Se già prima il mio cuore stava battendo all'impazzata, aveva ormai preso a galoppare selvaggio. Faticavo a respirare e un nodo mi aveva stretto lo stomaco, mentre una vampata di calore mi travolgeva dalla testa ai piedi. Sentivo il volto in fiamme, sicuramente rosso come un peperone. Un calore languido mi invase il basso ventre e provai a riprendere fiato.

Nate si avvicinò, con decisione e uno scopo ben preciso, e mi intrappolò di nuovo tra le braccia. La mano infortunata era posata sulla sbarra di metallo, mentre l'altra la stringeva con più forza. Sollevai la testa e i suoi occhi trovarono i miei. Si prese qualche secondo per studiarmi il volto. Era talmente vicino che, quando presi un bel respiro profondo, il seno premette contro il suo petto.

"Dunque..." disse, strascicando la parola. "Non ti starai forse tirando indietro, vero?"

Avrei voluto protestare, insistere che non sapevo di cosa stesse parlando. Però, in realtà, sapevo perfettamente a cosa si stesse riferendo. A furia di tenere a freno la lingua, avevo perfino scavato dei solchi coi denti. Nel giro di qualche secondo, riuscii a riprendermi.

"Certo che no. Sto solo aspettando il momento giusto," mormorai, sollevando il mento con aria di sfida.

Bugiarda fino al midollo.

"Ma davvero? E quand'è che arriverebbe, allora, questo momento giusto?"

"Senti, sei vuoi un rimborso, posso chiamare gli organizzatori e spiegare che ho fatto un gran casino. Anzi, facciamo che ti ripago direttamente io."

"Non dire assurdità. Mica ce li hai cinquemila dollari da buttar via."

E aveva proprio ragione. Quella proposta era un evidente segno della mia disperazione. Dentro di me, sentivo che non ce l'avrei mai fatta. Anche se ormai erano anni che gli sbavavo dietro, non volevo che il nostro rapporto prendesse una piega scomoda.

Nate era un donnaiolo. Punto e basta. Lo conoscevo da una vita. Essendo il migliore amico di mio fratello, sapevo fin troppo bene come si comportava con le donne. Io non stavo cercando un rapporto occasionale. E non volevo neanche farmi spezzare il cuore. Quell'uomo mi piaceva *troppo* perché tra di noi potesse esserci soltanto sesso, senza emozioni. Non avrebbe *mai* funzionato.

Mandai giù il groppo alla gola per riempire d'aria i polmoni. Con un respiro profondo, però, il seno strofinò ancora una volta contro il suo petto. Doveva senz'altro aver sentito i due sassolini turgidi sotto il tessuto. Di testa loro, era come se lo stessero salutando amabilmente, in cerca di attenzioni.

Ostinata com'ero, volevo oppormi di nuovo, insistere di rimborsarlo con soldi che neanche avevo. Però, quando aprii la bocca, non uscì alcun suono. Avevo come perso la capacità di parola. Sentivo il corpo avvolto in fiamme selvagge di desiderio, l'eccitazione che mi bagnava le mutandine. Era una situazione assolutamente imbarazzante. Con mio grande rammarico, conoscevo fin troppo bene la reputazione che si era fatto Nate per le sue doti a letto. Willow Brook era un posticino molto piccolo e un uomo come lui era una vera calamita per le donne single del paese e per le turiste che arrivavano durante l'estate.

Mentre cercavo di rimettere in funzione il cervello, Nate lasciò andare la sbarra e sollevò la mano per accarezzarmi i capelli. Spostò alcune ciocche ribelli dalla fronte e le lasciò dietro l'orecchio, facendomi venire la pelle d'oca in ogni punto di contatto.

"Hai paura," mormorò.

Scossi fermamente la testa, furiosa e più eccitata che mai.

"D'accordo, allora dimostrami il contrario."

"Va bene," replicai, spinta dalla rabbia. Come un colpo di frusta, mi aveva scossa tutta e si stava mescolando a quel desiderio inopportuno che mi fremeva dentro, così intenso e folle che facevo perfino fatica a pensare. "Avrai il tuo appuntamento. Cena al Susitna Burgers & Brew in Anchorage. Il giorno di San Valentino."

I suoi occhi si allargarono appena e poi si rabbuiarono. "D'accordo. Allora forse sei più coraggiosa di quanto pensassi," mormorò, appena prima di chinare la testa e posare la bocca sulla mia.

Quel contatto delicato fu come una scossa elettrica, che mi fece fremere le labbra quando si ritrasse leggermente per restare a un soffio dal mio viso. Con un'imprecazione sottovoce, riportò di nuovo la bocca sulla mia.

Oh. Mio. Dio.

I baci erano una cosa, ma quel bacio era su tutto un altro livello. Appena Nate inclinò la testa di lato e mi invase la bocca con la lingua, mi abbandonai completamente a lui. La sua lingua prese a muoversi con la mia, ogni carezza una goccia di benzina sul fuoco che mi ardeva già dentro. Fece passare le dita tra i miei capelli, scivolando lungo la curva della spalla per raggiungere il seno, che prese nel palmo attraverso il tessuto sottile della divisa.

Come passò il pollice sul capezzolo dolorante, gemetti contro la sua bocca e sussultai quando fece un altro passo avanti, premendo l'erezione calda contro il mio basso ventre. Il bacio si fece selvaggio. Con un grugnito gutturale, si staccò dalla mia bocca e cominciò a tempestare la mascella di baci, salendo lentamente fino a stuzzicare il lobo dell'orecchio tra i denti. Le sensazioni intense mi provocarono un brivido. Stavo già sviluppando una dipendenza. Che

Nate fosse tutto muscoli e virile all'estremo lo sapevo già, ma poter sentire il suo corpo contro il mio, il petto largo e sodo che premeva sul seno, il modo in cui inarcava il bacino verso il mio... santo cielo, ero rovinata.

Quell'uomo mi faceva impazzire. Avevo il fiatone e stavo ansimando, mentre non riuscivo a smettere di strofinarmi contro il ginocchio che mi aveva infilato tra le cosce.

"Cazzo, Holly," mormorò, solleticandomi la pelle delicata del collo mentre scendeva fino alla valle tra i seni.

Ero totalmente in un'altra dimensione, travolta dal godimento quando fece scivolare una mano sotto la maglietta. A un certo punto, la sollevò con forza e si chinò per stuzzicare con la lingua un capezzolo e poi l'altro, attraverso la seta del reggiseno. Sentivo l'eccitazione tra le cosce, il desiderio talmente intenso che provavo quasi dolore fisico.

Sentii vagamente la mia voce che ansimava il suo nome, che lo supplicava di non fermarsi.

"Ho bisogno di toccarti," grugnì lui, mordicchiando un capezzolo.

Fece scivolare una mano lungo la curva del ventre. Sebbene la divisa da infermiera non fosse minimamente sexy, in quella situazione si rivelò molto comoda. Nate slacciò rapidamente il nodo alla vita e infilò una mano sotto l'elastico, raggiungendo le cosce. Provò a spostarmi un ginocchio su un lato e, senza la minima esitazione, divaricai le gambe per lui. Al che, fece scivolare le dita lungo la seta bagnata e dovetti trattenere un gemito di piacere.

Avevo spento completamente il cervello. Sapevo semplicemente che non volevo fermarmi. Grazie al cielo, Nate sembrava della mia stessa opinione. Stuzzicò un'ultima volta il tessuto e poi lo spostò di lato per affondare due dita nel canale pulsante. Ero bagnatissima... per lui. Dopo aver tracciato una scia di baci lungo l'osso della clavicola, sollevò la testa.

"Holly," mormorò, con un tono di voce che alimentò ulteriormente quell'incendio che mi infuriava dentro.

Aprii lentamente gli occhi e trovai i suoi in attesa. E così, con lo sguardo fisso nel mio, iniziò a fottermi con le dita per portarmi al limite. Ormai avevo dimenticato qualunque cosa... dove fossimo, tutti quei buoni motivi che avrebbero dovuto farmi fuggire da quella situazione e quanto odiassi sentirmi così vulnerabile con qualcuno, soprattutto lui. Mi abbandonai completamente al piacere e lanciai un urlo quando prese a massaggiare il clitoride gonfio col pollice, affondando sempre di più nel mio sesso.

Nate era quel genere di uomo che riusciva a farti godere con uno sguardo. Quelle fiamme ardenti che vi bruciavano andarono ad alimentare l'orgasmo che mi travolse, violento. Gettai la testa all'indietro, faticando a respirare.

Nate sfilò lentamente le dita, senza staccare gli occhi da me. Se non ci fosse stato lui a reggermi, molto probabilmente mi sarei sciolta ai suoi piedi. Alla fine, riallacciò i pantaloni della divisa anti-sesso e mi sistemò perfino la maglietta. Neanche feci in tempo a riprendermi, che un forte crepitio risuonò nell'aria dall'altoparlante dell'ascensore, anticipando una voce. "Prova, prova. Va tutto bene? O si è bloccato l'ascensore?" chiese una voce maschile.

"Oh, mio Dio," mormorai.

Nate lo trovò molto divertente. Incrociando il mio sguardo, sfoderò un sorrisetto che risvegliò all'istante il desiderio. Ma dopo essermi calmata, mi resi finalmente conto di ciò che avevamo appena fatto.

Gli posai le mani sul petto e lo spinsi via, ma invano.

Nate sollevò la testa e rispose alla voce. "Va tutto bene." Detto ciò, allungò la mano e premette un altro pulsante per far ripartire l'ascensore, poi si allontanò da me.

La consapevolezza di quello che sarebbe potuto succedere mi colpì con forza. Grazie al cielo che lì dentro non c'erano telecamere. O almeno, non che sapessi.

Oh, fantastico. Hai trovato una nuova fissa.

La discesa proseguì in silenzio. Quando uscimmo dall'ascensore, Nate mi posò una mano alla base della schiena. Non riuscivo a spiccicare parola, figuriamoci scacciargli la mano. Il problema con lui era proprio quello. Ogni volta che ci toccavamo, ne volevo sempre di *più*.

Strinsi con forza il giaccone che tenevo ripiegato sul braccio. Mi fermai davanti alla porta, mi allontanai da Nate e lo infilai, sollevando rapidamente la cerniera. Avevo ancora i capezzoli duri, talmente duri che facevano male.

Con le guance ancora in fiamme, incrociai il suo sguardo. "Beh, immagino che ci rivedremo presto," gli dissi.

"Certo. Ti chiamo il giorno prima di San Valentino."

Mi aspettavano quattro lunghe settimane.

Capitolo Cinque

NATE

Inclinai un poco l'aereo in volo, diretto verso il Denali, che si stagliava in lontananza. Il mio era senza dubbio il lavoro migliore del mondo. Solcavo i cieli dell'Alaska in aereo o in elicottero, a volte trasportando turisti, merci o persone, ma altre ancora per puro e semplice svago.

Se parliamo di statistiche, si trattava di un lavoro rischioso. Il numero di incidenti aerei in Alaska variava di anno in anno, ma ormai da tempo erano rimasti a più o meno il doppio rispetto alla media nazionale. Nonostante i rischi, era un qualcosa che amavo e per me ne valeva assolutamente la pena. Ogni volta che mi alzavo in aria, la natura più selvaggia dello stato si spiegava di fronte a me. La cattedrale naturale dell'Alaska era assolutamente mozzafiato. I monti, il sole che spuntava tra le nuvole, i ghiacciai, i chilometri su chilometri di foreste incontaminate, le acque dei fiumi che scintillavano sotto i raggi del sole, e poi l'oceano, un panorama che ricordava all'uomo quanto fosse insignificante rispetto all'universo intero.

Non ero comunque un amante dell'adrenalina.

Amavo volare perché mi donava un senso di libertà unico. Certo, anche perché la paga era davvero buona e potevo essere il capo di me stesso. Gestivo una piccola compagnia aerea privata con base a Willow Brook, in collaborazione con altre più grandi di Anchorage.

Durante l'estate, ogni singolo giorno differiva dal precedente. Il mio era tra i lavori meno monotoni del mondo. Mi capitava anche di lavorare con le squadre di hotshot, sia per il trasporto che per il supporto aereo con il ritardante. Ogni tanto, invece, traghettavo i turisti da e verso le zone di pesca e di caccia. Altrimenti, organizzavo voli panoramici.

Voltai lentamente l'aereo quando vidi in lontananza la mia meta, un resort sperduto situato sulle rive di un lago particolarmente pittoresco, nel bel mezzo del nulla. In linea d'aria, distava circa due ore a nord-ovest da Willow Brook. Da terra, invece, era raggiungibile soltanto tramite sentieri infidi e disastrati, in mezzo ai boschi.

Il concetto di "pista" in Alaska era piuttosto differente dal normale. Nelle aree più remote, poteva trattarsi di una striscia di terra in ghiaia, un campo erboso oppure un lago. Il resort disponeva di una pista in ghiaia lunga neanche un chilometro, giusto il tanto per permettere l'atterraggio. In inverno poteva rivelarsi pericolosa, ma in quei giorni il tempo era stato clemente e i proprietari del lodge tenevano sempre la pista in buone condizioni.

Dovendo trasportare gli hotshot in elicottero, nella natura più selvaggia, mi era toccato imparare ad atterrare in qualunque condizione meteorologica per salvaguardare i passeggeri. Adoravo che fosse richiesto un livello così alto di precisione. Toccai la pista con grazia e, piano piano, rallentai e mi fermai alla sua estremità.

Quel giorno non c'era vento, il che era sempre una benedizione. C'erano giorni in cui mi pareva di viaggiare in un'asciugatrice, con il piccolo aereo che veniva scosso da una parte all'altra dalle folate.

Scesi a terra e caricai in un batter d'occhio i passeggeri. Quel lodge in particolare era frequentato dagli amanti dell'avventura più estrema. In inverno, di solito, quella gente praticava lo sci fuoripista. Si trattava di un gruppo socievole e amichevole, che mi aiutò a caricare tutto quanto prima del decollo.

Qualche ora dopo, di nuovo a Willow Brook, avevo appena chiuso l'hangar e mi stavo dirigendo al mio pick-up. Possedevo sia quel terreno che diversi altri hangar appena fuori dal paese. Durante i primi anni di lavoro avevo messo da parte una bella cifra e col tempo avevo cominciato ad affittare i capannoni ad altri piloti della zona.

Quando uscii nell'aria fresca serale, il sole stava tramontando all'orizzonte, tingendo il cielo di rosa e lavanda. Avevo appuntamento con mio fratello e alcuni amici al Wildlands, un punto di ritrovo molto popolare tra la gente del luogo, molto amato anche dai turisti durante i mesi estivi.

Le luci dei negozi creavano una piacevole atmosfera mentre passavo per il centro del paese, per poi svoltare su una stradina parallela alla Main Street, la Swan Lake Road. Le acque di tale lago di Swan, posizionato nel cuore di Willow Brook, brillavano sotto gli ultimi raggi di sole. Si trattava di un lago molto esteso, casa della fauna selvatica più variegata, tra cui il cigno (*swan*) trombettiere da cui prendeva il nome. Diversi resort di caccia e qualche villetta puntellavano le rive. D'inverno era quasi tutto chiuso, mentre il Wildlands rimaneva aperto tutto l'anno.

Il parcheggio sul retro dell'enorme struttura in

legno era quasi pieno. Infilai il pick-up in un angolino, poi ficcai le chiavi in tasca e mi diressi alla porta sul retro. Venni accolto da un piacevole tepore e dal basso ronzio di voci della zona ristorante, alla fine del corridoio.

Il parquet consumato e le travi a vista donavano allo spazio un'atmosfera pratica e invitante. I proprietari avevano optato per un arredamento semplice, con tavoli e sedie in legno, alcuni tavoli da biliardo in un angolo e un piccolo palcoscenico sul lato opposto per offrire spettacoli musicali durante l'estate.

La zona bar era sempre più affollata, ma quella sera era pieno anche il ristorante. Mi guardai intorno, finché non intravidi i capelli biondi di Holly. Era normale che fosse lì pure lei. Frequentavamo le stesse persone, il che non faceva che complicare le cose. Un senso di trepidazione mi montò dentro, vibrando come un motore su di giri. Erano passati soltanto tre giorni dall'incontro all'ospedale, quando ero stato costretto a fare appello a tutto quanto il mio autocontrollo per non fotterla in quell'ascensore.

Mi feci strada tra la folla e mi diressi verso di lei, consapevole che lì avrei trovato mio fratello e, probabilmente, anche Alex, il fratello gemello di lei. Ciò che provavo per Holly era nato molto prima di quanto potesse immaginare. Eravamo cresciuti insieme e in un paesino così piccolo i nostri mondi si erano sovrapposti in molte occasioni. Tuttavia, soltanto alle superiori mi ero reso conto che non era soltanto la sorellina rompiscatole del mio migliore amico. Alex, da classico fratello, si era sempre divertito a tormentarla e, di conseguenza, l'avevo sempre imitato. Da bambini non ci avevo mai dato troppo peso. Con gli anni, Holly era diventata una ragazzina testarda, presuntuosa e un vero maschiaccio.

Un giorno, alle superiori, all'improvviso l'avevo guardata e avevo sentito qualcosa muoversi dentro di me. Avevo capito che la volevo. Da matti. Aveva cominciato a svilupparsi prima del normale, ma fino a quel momento non avevo ancora notato il seno generoso e il sedere morbido che la natura le aveva donato. Poiché io e suo fratello eravamo praticamente inseparabili, avevo passato tanto tempo a casa loro. L'avevo vista chissà quante volte andarsene in giro in canottiera e pantaloncini corti, ignara di quanta mercanzia mettessero in mostra.

Ripensandoci da adulto, probabilmente oltre al desiderio fisico non c'era mai stato nient'altro. In fondo, i ragazzini di quell'età pensavano praticamente con l'uccello. Comunque, mi ero sempre tenuto tutto dentro. Per prima cosa, sarebbe stato troppo complicato perché suo fratello era il mio migliore amico, ma poi lei aveva anche cominciato a frequentare Jake Green. Mi ero divertito tanto a prenderla in giro, pur non sapendo nulla sul loro rapporto. Fino al giorno della tragedia.

Una strada ghiacciata in Alaska, un autista ubriaco sulla corsia opposta e quattro ragazzini che precipitano da un burrone: Caleb, mio fratello maggiore, Ella, la sua ragazza e migliore amica di Holly, Holly e Jake.

Jake venne schizzato fuori dall'auto e perse la vita. Gli altri sopravvissero, ma probabilmente anche Ella sarebbe morta se Caleb non l'avesse salvata.

L'incidente aveva scosso violentemente il piccolo mondo di Willow Brook. Aveva scioccato tutti quanti. Un giorno Jake era vivo e vegeto, mentre il mattino dopo ricevemmo la notizia che non era più tra noi. Ella, invece, aveva passato settimane nel reparto ustioni di Anchorage, a lottare per la vita.

Holly se l'era cavata con giusto qualche botta e

livido. Caleb giusto con qualche graffio fisico, anche se aveva sofferto molto a livello emotivo quando Ella aveva deciso di lasciarlo. Ormai si erano rimessi insieme, ma soltanto dopo anni di lontananza.

Per chi si era ritrovato nel raggio d'azione di quell'incidente l'adolescenza aveva perso la sua leggerezza. Io e Holly ci eravamo allontanati. Di fronte a una tragedia del genere, mi ero trovato assolutamente impreparato. Non sapendo come dare conforto a chi era rimasto coinvolto, avevo almeno provato a non turbare nessuno, che fosse Caleb, Ella e soprattutto Holly. Il mio solito atteggiamento spiritoso non avrebbe fatto altro che peggiorare le cose.

Holly era rimasta a Willow Brook fino al diploma, per poi recarsi temporaneamente ad Anchorage per perseguire gli studi di infermieristica. Io invece avevo frequentato la scuola di volo, con l'obiettivo di ottenere la licenza per pilotare aerei di piccoli dimensioni ed elicotteri. Tra di noi era cambiato tutto e avevo praticamente ordinato al mio corpo di dimenticarla. Ormai però erano passati anni. Eravamo due persone diverse.

Arrivato al largo tavolo rotondo, notai che l'unica sedia vuota era proprio accanto a Holly. Bingo. Ci scivolai sopra e mi guardai intorno. C'era anche Caleb, seduto con un braccio drappeggiato sulle spalle di Ella. Io e mio fratello avevamo gli stessi occhi e capelli, mentre Ella aveva capelli castano scuro e occhi verdi. Finalmente, dopo anni, Caleb sembrava essere tornato in sé.

L'incidente l'aveva distrutto. Il suo migliore amico era morto e la sua ragazza se l'era cavata per un pelo. Ella e Caleb formavano una di quelle coppie molto rare, di quelle nate durante gli anni dell'adolescenza ma comunque destinate a durare per sempre. Erano davvero fatti l'uno per l'altra e non avrei potuto essere più felice quando si erano ritrovati. Finalmente potevo ricominciare a tormentarlo.

C'era anche Cade Masters, il fratello maggiore di Ella, insieme a sua moglie Amelia. Tra i vari pompieri hotshot presenti c'era anche un'altra amica di Holly, Rachel Garrett, che lavorava come assistente medico.

Un sorriso mi sfiorò le labbra quando Caleb si rivolse a me. "Ehi, com'è andato il volo?"

"Tutto tranquillo, proprio come piacciono a me. Non c'era un filo di vento, il che non capita spesso quando c'è fuori il sole. Mi è andata proprio bene."

Poco dopo, ci raggiunse un cameriere e ordinai una birra e un hamburger, poi notai che il bicchiere di vino di Holly era quasi vuoto. "Ne vuoi un altro?" le chiesi.

I suoi occhi marroni schizzarono nei miei. In un attimo, sentii il corpo irrigidirsi e un fremito di anticipazione mi scosse.

"Sì, grazie," rispose, voltandosi verso il cameriere mentre sollevava il bicchiere.

"Ne porto subito un altro," la informò, prima di voltarsi.

"Allora, come va?" le chiesi.

Un rossore le tinse le guance quando riportò lo sguardo su di me. Conoscere il sapore della sua bocca non faceva che complicare la situazione. Il ricordo era ancora ben vivido nella mia mente. Aveva labbra piene e carnose, e una lingua sensuale che mi avrebbe senz'altro fatto impazzire se l'avesse usata attorno al mio uccello.

Ma quelle fantasie con Holly Blake non erano appropriate alle circostanze.

"Tutto bene," rispose, la voce un poco roca. In un secondo, scolò l'ultimo goccio di vino.

"Tu, invece? Tutto a posto?"

"Sì, grazie. Manca meno di un mese a San Valentino," replicai, con un sorrisetto.

Il rossore sul suo volto si fece più intenso. Maledizione, volevo baciarla.

"Che stai facendo?" sibilò.

La sua frustrazione mi strappò un sorriso. Molto probabilmente voleva tener segreto, *molto* segreto, il nostro imminente appuntamento. In fondo neanche a me andava di parlarne con la nostra cerchia di amici, però non mi sarei comunque lasciato sfuggire l'occasione di punzecchiarla un poco.

Poggiai il gomito sul tavolo e strinsi le dita dell'altra mano attorno alla sua coscia, riuscendo a percepire il calore della pelle attraverso i jeans. "In che senso?" le chiesi, con falsa innocenza.

"Che stai facendo?" ripeté, il tono profondo e feroce.

"Secondo te?" mormorai, facendo scivolare la mano verso l'altro. Al che, Holly spostò leggermente le gambe e mi fulminò con lo sguardo. Per quanto fosse divertente provocarla a quel modo, scoprii di aver sottovalutato le reazioni del mio corpo. Sentivo già l'erezione che premeva con forza contro i bottoni della patta.

Trattandosi di Holly e poiché oramai eravamo ricaduti nelle nostre vecchie abitudini e non potevo fare a meno di testare tutti i suoi limiti, lasciai la mano sulla coscia e cominciai a carezzarla col pollice. La tentazione di salire ancora di più, fino all'apice caldo e accogliente, era davvero molto forte.

Ciò che più mi faceva impazzire di Holly era proprio quello. Non era da me comportarmi a quel modo. Mi accontentavo di semplici avventure, brevi e occasionali, e che potevo tenere *sempre* sotto controllo. Holly, invece, quel controllo me lo portava via.

Cade disse qualcosa, distogliendo la mia attenzione da Holly. Tutti chiacchieravano animatamente, mentre io avevo la testa più sulle nuvole che lì a tavola insieme a loro. A un certo punto arrivò il mio ordine e soltanto allora mi decisi a spostare la mano dalla coscia di Holly. Porca miseria, il fatto che fossi così eccitato soltanto per averla toccata la diceva molto lunga.

Holly stava conversando con Amelia quando Ella menzionò il mio nome.

"Oh, quello è il lavoro di Nate," disse, lanciandomi un sorrisetto spiritoso.

"Quale lavoro, scusa?" le domandò Caleb.

"Il playboy di paese," rispose Ella con una risatina. "Però, ora che ci penso, ultimamente stai battendo la fiacca."

Percepii lo sguardo di Holly addosso. In un'altra occasione, avrei reagito senza fare una piega, ma in quel momento mi sentivo messo con le spalle al muro. Avrei voluto riderci sopra con naturalezza, ma non potevo permettermi di dare l'impressione sbagliata a Holly. Ormai ero cambiato e non volevo farla fuggire a gambe levate.

Con fin troppi occhi addosso, scrollai le spalle con una risata. "Non direi proprio che sono un playboy, dai."

Lo sguardo intenso e penetrante di mio fratello pareva scavarmi l'anima. Giusto qualche giorno prima, Caleb aveva tirato fuori esattamente quell'argomento. Era sempre pronto a farmi la paternale, da bravo e responsabile fratello maggiore. Per alcuni versi, aver perso il suo migliore amico e per un pelo anche Ella gli aveva tolto la risata. Col tempo stava migliorando, ma in fondo non era mai stato un gran burlone.

Che fosse o meno in reazione a quella tragedia, il ruolo di buffone della famiglia l'avevo assunto io.

"Beh, ci crederò soltanto quando avrai trovato qualcuno," dichiarò Ella, con un'altra risata. In quel periodo, anche lei aveva cominciato a starmi col fiato sul collo. Insisteva che col mio atteggiamento spensierato mi sarei lasciato sfuggire la persona giusta. Dato che lei e Holly erano migliore amiche, non avrei potuto dirle che al momento ero talmente preso da Holly che per me non esisteva nessun'altra donna.

Ma soprattutto, era ormai dall'ultimo Halloween che non facevo sesso. Rispetto all'anno prima, dopo la pomiciata improvvisa e alticcia nell'armadio, non ero più riuscito a togliermela dalla testa.

"D'accordo, allora un giorno ci crederai," le risposi, con sicurezza.

Caleb alzò gli occhi al cielo e scosse la testa, mentre Ella mi diede una pacca sulla spalla. Amavo i miei amici e la mia famiglia, ma non amavo affatto quanto potessero essere ficcanaso. Per fortuna, la conversazione si spostò su altri argomenti quando il cameriere passò a raccogliere i piatti sporchi e a chiedere se qualcuno volesse qualcos'altro.

Capitolo Sei

HOLLY

Avevo le guance in fiamme, le mutandine bagnate e il battito cardiaco che non si fermava. Certo, non volevo mica si fermasse per davvero. In quel caso, avrebbe significato un infarto. Però, in effetti, un uomo come Nate avrebbe potuto benissimo farmene venire uno.

Dovevo fuggire. Con lui al mio fianco, il suo corpo che emanava un piacevole tepore e una forza possente, e il profumo boschivo che mi arrivava alle narici, mi sentivo tutta un fuoco. Tirai dentro e fuori un respiro tremolante. Quando Charlie si alzò per andarsene, presi subito il giaccone dallo schienale della sedia.

"Devo andare anche io," dichiarai, vivace.

Senza fermarmi a salutare tutti, mandai un bacio generale e mi voltai di scatto, aumentando il passo per raggiungere Charlie. Si voltò a guardarmi e i suoi occhi grigi incrociarono i miei. "Tutto bene?" mi chiese.

Avrei voluto dirle, *"No, neanche un po'. Voglio scoparmi uno dei miei migliori amici, o almeno uno che un tempo lo era, finché non ci siamo allontanati perché la vita ci ha giocato brutti scherzi. Però non posso farlo. Non avrebbe alcun senso perché è un playboy e non voglio che mi aggiunga alla sua lunga lista di donne. So già che mi spezzerà il cuore."*

Quelle parole, però, rimasero ben chiuse nella mia mente insieme a quell'enorme segreto che mi tormentava. Ero vergine. La cosa mi pesava terribilmente. Non lo sapeva nessuno e probabilmente la notizia avrebbe sconvolto chiunque.

Tutti quei pensieri mi vorticavano nella mente mentre guardavo Charlie. Ci eravamo fermate accanto al bar, dove c'era l'ingresso allo stretto corridoio che portava nel parcheggio.

"Tutto bene, Holly?" ripeté, con una nota più preoccupata nella voce. Qualunque cosa lesse nella mia espressione, parve angosciarla incredibilmente.

Annuii vigorosamente. "Oh, sì, sto bene. Sono giusto un po' stanca."

Charlie mi fissò per qualche altro secondo, il ronzio di voci in sottofondo. Dopo un poco, mi strinse la spalla ed entrò nel corridoio, i capelli scuri che le ondeggiavano tra le spalle a ogni passo. Mi chiesi cosa avrebbe pensato del mio assolutamente involontario stato verginale. Buona com'era, dubitavo avrebbe riso di me, ma ne sarebbe di certo rimasta sorpresa. Lo ero perfino io.

Charlie era una dottoressa e, di tanto in tanto, lavoravamo insieme all'ospedale. Eravamo diventate amiche attraverso il lavoro e quando anche lei era entrata a far parte della mia cerchia di amici, dopo aver cominciato a frequentare l'hotshot Jesse Franklin. Era una donna con i piedi per terra, un pregio che apprezzavo molto. Anche lei ne aveva passate tante nella vita: doveva prendersi cura di sua madre, che soffriva di demenza senile, e di sua nipote, che aveva adottato quando il cancro si era portato via sua sorella. Aveva di certo compreso molto bene quanto la vita fosse complicata, ma andava comunque avanti a testa alta.

Per qualche motivo, avevo sempre trovato più facile offrire conforto ai miei amici — essere quella forte, quella simpatica — che confidarmi in loro e mostrare il disordine che mi portavo dentro. Scossi via quei pensieri e mi fermai accanto al bagno, mentre invece Charlie proseguì dritto. "Io faccio una capatina al bagno prima di mettermi in marcia. Ci becchiamo in questi giorni all'ospedale, ok?"

Charlie si voltò e mi rivolse un sorriso. "Certamente. Venerdì sono lì."

Entrai nella toilette e mi chiusi la porta alle spalle. Mi poggiai al legno e feci qualche bel respiro profondo. Dopo aver finito, mi lavai le mani e poi schizzai dell'acqua fresca sul viso. Sentivo le guance in fiamme e avevo bisogno di una rinfrescata. Anzi, in realtà ero *tutta* un fuoco, ma Nate mi faceva sempre quell'effetto.

Stavo ancora cercando una scappatoia da quel maledettissimo appuntamento. Era ormai da quello stupido bacio alla festa, dopo troppi bicchieri di champagne, che non riuscivo a smettere di pensare a lui. E poi mi aveva baciata all'evento di beneficienza. Di nuovo.

E poi un'altra volta ancora, nell'ascensore. Oddio. Mi bagnai il viso di nuovo. Ripensare a quell'ultimo incontro mi riaccese un fuoco dentro. I baci con Nate erano come una maledizione. Era un baciatore troppo bravo. Soltanto lui riusciva a farmi impazzire in quel modo. Pur essendo vergine, non ero rimasta sempre una santarellina.

Dopo l'incidente alle superiori, tutti i ragazzi del paese avevano cominciato a tenersi alla larga da me. Si erano convinti che fossi affranta e straziata. Ed era vero, ma non nel senso che intendevano loro. La relazione con Jake era nata quasi per convenienza. Essendo rispettivamente i migliori amici di Caleb ed Ella, alla fine anche noi avevamo passato tantissimo tempo insieme. Erano gli anni delle superiori ed eravamo giovani. Eravamo sempre stati amici. Come avevo ripetuto più volte a Ella dopo la rottura con Caleb e prima che si ritrovassero, non capitava a tutti di trovare un amore come il loro a quell'età.

Soprattutto non alle superiori. Quasi tutti si facevano guidare dai propri ormoni, inciampando lungo il percorso. Con i nostri due migliori amici che si amavano alla follia e restavano sempre insieme, di conseguenza anche io e Jake ci vedevamo spessissimo. Così, decidemmo di metterci insieme. Era mio amico e tenevo molto a lui. La sua morte mi distrusse, ma non perché fosse l'amore della mia vita. Mi si spezzò comunque il cuore, nel modo più enigmatico possibile.

Tutto il paese, o almeno così mi era parso, credeva che la nostra storia d'amore fosse stata tragicamente stroncata dal destino. In realtà, però, era stata la nostra *amicizia* a essere stroncata. La sua terribile dipartita aveva suscitato le opinioni più disparate. Nel frattempo, io ero distrutta dal dolore e terrorizzata perché anche la mia amica aveva rischiato di incontrare lo stesso destino. La sindrome del sopravvissuto era stata una brutta bestia per tutti e tre. Se Ella aveva deciso di fuggire, io l'avevo affrontata di petto e col tempo ero riuscita a superarla. Mi ero ripresa completamente, ma non mi ero mai presa la briga di correggere le opinioni che la gente si era fatta su me e Jake. Ormai non avrebbe più avuto senso dire a tutti che in realtà per me era sempre stato più un amico che altro.

Quando poi, finalmente, avevo ritrovato la voglia di divertirmi e frequentare qualcuno, non ero riuscita a liberarmi della mia verginità. Avevo ventotto anni ed ero ancora vergine, maledizione. La cosa mi pesava particolarmente e la vedevo più come un impiccio che altro. A quell'età, sapevo che qualunque uomo avrebbe ricevuto la notizia con particolare sorpresa.

Le mie opzioni erano due: potevo omettere quel particolare e rischiare di rovinare il momento clou con la mia inesperienza, oppure dire subito la verità e rischiare di farmi piantare in asso. Perché, in fondo, chi è che avrebbe voluto portarsi a letto una ventottenne vergine? Beh, di certo non io. Figuriamoci un uomo adulto.

Mi gettai dell'altra acqua sul viso, tamponai la pelle con un asciugamano, asciugai le mani e poi uscii dal bagno. Appena messo piede fuori dalla porta, finii dritta contro Nate.

Merda, merda, merda.

Abbassò la testa e il suo sguardo si rabbuiò appena incrociò il mio. "Pensavo fossi già andata via," commentò.

Feci subito un passo indietro e chiusi la cerniera del giaccone, sentendomi di nuovo in fiamme. "Stavo uscendo proprio ora," dissi in tutta fretta. Gli passai accanto e infilai le mani in tasca, stringendo i polsini come per trattenermi dal toccare Nate.

Con qualche falcata, mi raggiunse subito. Percepivo la sua presenza alle mie spalle, finché non allungò la mano verso la maniglia della porta e la aprì per farmi uscire. Il mio sguardo schizzò sulle sue dita, con delle cicatrici sulle nocche. Aveva delle belle mani, forti e ruvide. Un brivido mi pervase al ricordo di quello che mi avevano fatto.

Mi resi conto che non stava indossando il tutore. "E il tutore dov'è?" gli chiesi, felice di aver qualcosa di cui parlare che non fosse collegato a quel desiderio folle che mi ardeva dentro.

"Adesso la mano è a posto. Charlie mi aveva detto di tenerlo finché non fosse guarita, quindi ho fatto così," rispose, con un'alzata di spalle.

"Oh."

"E la ramanzina non me la fai?" mi chiese, un sorrisetto furbo sulle labbra.

Alzai gli occhi al cielo e scossi la testa, uscendo fuori nell'aria fredda invernale, un vero toccasana per la mia pelle bollente. "Buonanotte," gli dissi, voltandomi a guardarlo. Al che, mi fiondai dall'altra parte del parcheggio, sentendo il suo sguardo scavarmi la schiena, e balzai in macchina.

Sulla strada di casa, sotto la luce argentata della luna che si rifletteva sul panorama innevato, decisi che il giorno dopo avrei telefonato a Nate per disdire l'appuntamento. Lo desideravo troppo e volevo più di quanto lui fosse pronto a offrirmi.

Capitolo Sette

HOLLY

Il mattino seguente, in piedi davanti alla dispensa, fissai lo spazietto vuoto in cui avrebbe dovuto esserci una confezione di chicchi di caffè. Merda. Mi voltai, speranzosa, verso il macinacaffè che se ne stava innocente accanto alla macchinetta del caffè, sul bancone della cucina. Mi avvicinai e sfilai il cassettino per controllare se magari era rimasta almeno una porzione. Purtroppo no. Non ce n'era neanche abbastanza per riempire il fondino di una tazzina. Non mi sarebbe mai bastato per cominciare la giornata.

Sospirai tristemente. E io che speravo di rilassarmi un poco prima di andare al lavoro. Mi serviva caffeina e mi serviva subito. Avevo passato una notte di merda. Ero arrivata a casa eccitatissima, dopo aver passato tutto quel tempo accanto a Nate. Per quanto avessi provato a ignorare i bisogni del mio corpo, alla fine mi ero arresa e avevo lasciato tutto in mano al mio fidato vibratore. Purtroppo, però, l'unico uomo che mi aveva invaso la mente sulla scia di un orgasmo travolgente fu Nate.

La mia cucina era più in disordine del solito. Mi

ero ripromessa di pulire quella mattina. Nel lavello c'erano un po' troppi piatti sporchi e dovevo pure fare un carico di lavatrice. Vivevo da sola in un piccolo appartamento sopra un negozio di cancelleria e le finestre davano sulla Main Street, nel centro di Willow Brook. La cucina era proprio adorabile, con una piccola isola con sgabelli e delle belle piastrelle in ardesia blu sui banconi e sul pavimento, mentre i mobili in betulla bianca illuminavano lo spazio.

La cucina era di fronte al soggiorno, dotato di un piccolo divano componibile con una montagna di cuscini sopra, un televisore montato sulla parete laterale e una splendida vista sul lago di Swan. Avrei potuto permettermi un terreno e una casa tutta mia, ma non mi sembrava opportuno. Volevo sposarmi e mettere su famiglia, quindi avevo resistito alla tentazione di comprare casa. Sarebbe stato come arrendermi definitivamente al mio status di donna single. Certo, era un ragionamento senza alcun senso, ma io la vedevo così. Rispettavo con tutto il cuore le donne che sceglievano di vivere una vita indipendente e secondo le loro regole, però io volevo davvero trovare l'amore.

Con un sospiro, ciabattai sul parquet del soggiorno, passandomi una mano tra i capelli spettinati, ed entrai nel bagnetto. Era il classico bilocale da single, con cucina e soggiorno uniti, un bagno solo e una camera da letto gigantesca.

Avrei voluto godermi la mattinata, ma avevo troppo bisogno di caffè. Dopo una doccia rapida, caricai la lavastoviglie e preparai la lavatrice, impostando l'avvio ritardato prima di uscire di casa, diretta verso il Firehouse.

Il locale si trovava giusto a due passi da casa. Ero ben coperta, per non dover soffrire troppo il freddo glaciale mattutino. L'aria non era tanto magica quanto il caffè, ma aiutò comunque a svegliarmi.

D'inverno, Willow Brook era proprio un bel paesino, con le acque gelate del lago di Swan e i segni di sci e pattini che ne decoravano la superficie. I monti torreggiavano in lontananza, le vette innevate che brillavano contro l'orizzonte. Dai luoghi più elevati del paese si vedeva persino l'oceano. Distava circa una mezz'oretta di macchina, a sud. Con Anchorage a neanche un'ora da lì, verso est, e la natura selvaggia che circondava la cittadina, durante i mesi invernali pareva di vivere in un mondo a parte. E forse era proprio così.

Con l'arrivo dell'estate, invece, Willow Brook si riempiva di turisti tra chi amava l'escursionismo, la caccia, la pesca e molto altro ancora, tutti in competizione per aggiudicarsi un pezzettino della bellezza dell'Alaska. Le vetrine sulla Main Street balzavano da ristoranti a negozi vari, soprattutto di attrezzatura da esterni e di arte, con qualche bar e caffetteria qua e là. Il Firehouse si stagliava più avanti, all'angolo tra la Main Street e una traversa. In origine, l'edificio a due piani a pianta quadrata aveva ospitato la caserma dei pompieri del paese. In seguito, però, ne era stata costruita una più moderna e all'avanguardia, che fungeva da hub per l'intera regione.

All'esterno, il locale era stato ravvivato con un dipinto murale lungo una delle pareti di mattoni, mentre gli infissi rosa e viola davano un poco di colore. Oltre la porta d'ingresso viola acceso, il vecchio garage era stato trasformato nella zona ristorante, con la cucina a vista su un lato e la pasticceria sul fondo, raggiungibile da una porta a ventola.

La famiglia di Janet James si era trasferita nella cittadina durante gli anni delle concessioni terriere. Qualche anno prima, insieme a suo marito avevano aperto il Firehouse e qualche altra attività del paese. Suo marito l'aveva lasciata all'improvviso dopo un tragico incidente d'auto su una strada ghiacciata, più a nord. Janet non si era comunque lasciata scoraggiare e aveva continuato a gestire da sola il locale. Quella donna era una delle colonne portanti di Willow Brook e senza di lei sarebbe stato tutto diverso.

Un senso di calore mi avvolse quando varcai la soglia e venni accolta dal ronzio di voci e dal profumino di caffè e dolci appena sfornati. Lo spazio era aperto e arioso, con il soffitto in stagno pressato e il vecchio palo al centro della stanza. Il pavimento in cemento era stato tinteggiato di un blu tenue. L'ambiente era animato dai fiori di camenerio, una spettacolare pianta erbosa dell'Alaska, che decoravano il palo, da alcuni quadri appesi alle pareti, e dai davanzali dai colori accesi e le tende spiritose. Dei tavolini quadrati erano disposti qua e là nella sala.

Mi fiondai subito al banco della gastronomia, oltre cui era appesa la lavagna con il menù fisso e le specialità del giorno. Mentre riflettevo se prendere il caffè della casa o uno dei caffè con doppio cioccolato di Janet, qualcuno chiamò il mio nome. Voltai la testa e sorrisi quando vidi Alex, mio fratello. Aveva i miei stessi capelli biondi e occhi marroni, ma la somiglianza si fermava lì. I lineamenti suoi erano molto più maschili e virili dei miei, chiaramente. Era più alto di almeno una trentina di centimetri ed era particolarmente snello. Tra i due, era il fortunato che poteva mangiare tutto quello che gli pareva senza il timore di ingrassare.

Mentre a me, invece, bastava soltanto *pensare* al caffè con doppio cioccolato per prendere mezzo chilo. Avevo imparato ad accettare le mie curve e non smettevo di ripetermi che le donne non erano costrette a rispettare i canoni dettati dalla società. Ma se proprio dovevo ammetterlo, forse ero un po' più rotondetta del dovuto.

"Ehi, Holl," disse Alex, dandomi una leggera gomitata quando mi raggiunse. Come al solito, aveva la faccia di uno che si era appena alzato dal letto. Aveva i capelli scompigliati e indossava una felpa in pile aperta sopra una maglietta grigia. A concludere il look, dei jeans malconci e gli scarponi in pelle più usurati della storia.

"Ehi, che ti porta qui a quest'ora?"

"Il caffè... cos'altro?" rispose con una risata. "Stai già andando all'ospedale?"

"Tra poco. Volevo godermi una mattinata tranquilla, ma mi sono accorta tardi che ho finito il caffè."

"Te lo offro io, allora," disse, quando raggiungemmo il nostro turno alla cassa. "Di sicuro te ne dovevo uno."

Janet ci rivolse un sorriso raggiante. Come al solito, i capelli scuri striati d'argento erano raccolti in una treccia, che gettò dietro la spalla, mentre un luccichio le brillava negli occhi marroni. Janet era quel genere di persona la cui esistenza bastava a farti sentire meglio. Emanava un'aria affettuosa e materna, col suo fisico rotondetto e il sorriso sempre stampato sul volto.

"Buongiorno, ragazzi. Non capita spesso di vedervi insieme. Ogni tanto dimentico quanto siete simili."

Alex si fece una risata. "Beh, siamo pur sempre *gemelli*."

Janet alzò gli occhi al cielo. "Come se ci fosse bisogno di ricordarmelo. Ma vabbè, cosa vi porto?"

"Io prendo un caffè con doppio cioccolato," rispose Alex, per poi guardare me.

"Io un Americano con giusto uno spruzzo di panna."

"Arrivano subito," annunciò Janet, voltandosi per prepararli.

Daniel, un impiegato, si fermò al suo fianco e le riferì che stavano avendo qualche problema con uno dei forni della pasticceria. Mentre finiva i caffè e processava il pagamento, gli spiegò nel dettaglio come risolvere la questione.

Con le tazze in mano, io e Alex ci spostammo dal bancone. "Ti va se ci sediamo a chiacchierare per un po'?" mi chiese Alex.

"Certo. Tanto mi sarei seduta comunque. Ho un'oretta libera. Oh, accidenti. Ho dimenticato di prendere qualcosa da mangiare."

Alex mi sorrise. "Io prendo un tavolo, tu vai a scegliere qualcosa."

Mi voltai e tornai in fondo alla fila per la cassa, ma Janet mi guardò e disse, "Vuoi un bagel?"

"Sì, grazie. Con formaggio spalmabile al salmone," aggiunsi.

I miei fianchi non l'avrebbero manco sentito... O almeno così mi dissi quando mi voltai dall'altra parte.

"Puoi pagarmi dopo," aggiunse Janet. "Te lo porta Daniel quando è pronto."

"Grandioso, grazie!" replicai, mandandole un bacio.

Mi feci strada tra i tavoli e poi mi sedetti di fronte ad Alex, al tavolino che aveva trovato accanto a una delle finestre. Appena prima che potessi dire qualcosa, sentii il nome di Alex pronunciato da una voce in particolare che, in quel periodo, non riuscivo a togliermi dalla testa. O meglio, non riuscivo a togliermi dalla testa il modo in cui Nate aveva sussurrato *Ho bisogno di toccarti*.

La situazione mi stava letteralmente sfuggendo di mano. Oramai, bastava che sentissi la sua voce perché il cuore cominciasse a battermi all'impazzata e un calore languido mi pervadesse il basso ventre, irradiandosi verso il resto del corpo.

"Ehi, bello," rispose Alex.

Ci misi un'infinità di tempo a sistemare il tappo della tazza e a bere un sorso di caffè. Ma non solo, arrivai perfino ad aprirla per aggiungere altra panna. Nate raggiunse il tavolo, sfilò una sedia e si sedette tra di noi. Nel farlo, sfiorò il mio ginocchio col suo e una scarica elettrica mi attraversò, lasciandosi dietro una scia di pelle d'oca.

Stava diventando assolutamente ridicolo. Costrinsi le guance a non arrossire e sollevai lo sguardo, mantenendo un'espressione impassibile. "Buongiorno, Nate."

Trovò i miei occhi e un sorrisetto furbo gli incurvò gli angoli della bocca. "Buongiorno, Holly."

Ecco perché il rapporto tra me e Nate era così complicato. Era talmente sfacciato che non si vergognava di trattarmi in quel modo neanche di fronte a mio fratello, che tanto non si rendeva conto di nulla. Perché, in fondo, Nate era un vero cascamorto. Non si comportava così soltanto con me e dovevo tenerlo bene a mente. Speravo con tutta me stessa che Alex non notasse il mio turbamento.

Daniel apparve poco dopo con il mio bagel. "Volete qualcos'altro?" ci chiese, poggiando il piattino di fronte a me.

Nate sollevò lo sguardo. "Non è che posso chiederti di portarmi un caffè?" domandò. "Pago prima di uscire."

"Certamente. Cosa ti porto?"

"Il caffè con doppio cioccolato."

Daniel annuì e si voltò, dunque diedi un bel morso al mio bagel. Con la bocca piena, perlomeno, nessuno mi avrebbe costretta a parlare. Alex e Nate si lanciarono nei loro soliti discorsi. Alex lavorava come meccanico specializzato di aeromobili. Per questo motivo, lui e Nate si incrociavano spesso. Ma soprattutto, erano migliori amici e si vedevano molto spesso.

Mi stavo letteralmente ingozzando per tenere la bocca occupata, quando Alex mi notò. "Madonna, Holly. Avevi fame, per caso?"

Finii di masticare e mandai giù il boccone, poi sorseggiai il caffè prima di sollevare lo sguardo. "Sì, molta."

Alex sorrise. Con un tempismo perfetto, Daniel arrivò con il caffè per Nate.

Non appena ci lasciò, Alex si alzò da tavola. "In realtà, devo proprio scappare. Avevo giusto qualche minuto. Ci sentiamo un'altra volta, ok?"

Sollevai la mano per salutarlo, smettendo per un attimo di mangiare per non ingozzarmi. "Alla prossima. Grazie per il caffè."

Nate bevve un lungo sorso e poi lo salutò con un cenno rapido. Come Alex uscì dal locale, si spostò sulla sedia di fronte alla mia. Il suo sguardo color cioccolato fondente vagò sul mio viso.

Fantastico. Meraviglioso, cazzo. Proprio quello di cui avevo bisogno. Nate che mi guarda in quel modo!

Dovevo dirgli che non potevamo andare avanti a quel modo. Niente più appuntamento, di sicuro niente più baci o interazioni simili a quella avuta in ascensore. Ci trovavamo proprio nel luogo perfetto per avere quel genere di conversazione. Non eravamo soli, quindi avevo una via di fuga.

Bevvi un sorso di caffè e gli lanciai un'occhiata. Con un respiro profondo, cominciai, "Le cose stanno così. Non posso offrirti quell'appuntamento. Non capisco perché tu abbia speso addirittura cinquemila dollari, ma se per te è un problema ti prometto che te li rimborserò. Lo so che lo trovi divertente e che, per qualche motivo, continuiamo a baciarci, ma non posso andare avanti così."

Il suo sguardo penetrante non lasciò mai il mio, ma si incupì alle mie parole. Sentivo il cuore che martellava contro la cassa toracica e avevo i nervi a fior di pelle.

"Perché?"

Ma certo. *Doveva* chiedermi le mie motivazioni. In realtà, manco ci avevo pensato.

Proseguii comunque la mia argomentazione. "Senti, siamo amici da una vita. Sei il migliore amico di Alex. Rischiamo di rovinare tutto. Tu non stai cercando niente di serio, perché so che non l'hai mai voluto. Non voglio..."

Mi fermai, incerta su come mettere a parole quello che provavo. Dopo un sorso di caffè per riprendere coraggio, continuai. "Non voglio essere la tua ennesima conquista. Non è nel mio stile. Non voglio che tra di noi vada tutto a rotoli. Sono troppo vecchia per le avventure e vorrei concentrarmi sul trovare una persona con cui avere un futuro."

Nate rimase in assoluto silenzio e bevve il suo caffè, per poi poggiare la tazza sul tavolo. Si fermò a fissarmi a lungo, forse troppo. Distogliendo lo sguardo, diedi un altro morso al bagel e lo masticai con frustrazione.

Era una situazione di merda. Perché... Oh, perché dovevo essermi presa una cotta proprio per il migliore amico di mio fratello? Rendeva tutto troppo, troppo complicato.

Riportai lo sguardo su Nate, l'espressione indecifrabile. Dopo un altro momento di silenzio, si schiarì la gola e sorseggiò ancora il caffè. Con lo sguardo fisso nel mio, sollevò appena il mento. "Com'è che tutto d'un colpo sei diventata così seria?"

"Oh, mio Dio. Non devo alcuna spiegazione a nessuno, di certo non a Mister Playboy. Non mi va di diventare soltanto un numero nella tua lunga lista di donne. Non sono così stupida da fingere che tra di noi non ci sia nulla. Ma so anche che non cerchiamo la stessa cosa. Davvero, se per te è un problema, troverò il modo di ripagarti."

Assottigliò lo sguardo e si sporse verso di me. "Non me ne frega nulla dei soldi. Però non ti facevo per una codarda."

Ma porca troia, quanto mi faceva incazzare. "Non sono una codarda! È solo che non voglio complicare le cose più del dovuto. L'anno scorso, dopo quello stupido bacio, hai cominciato a evitarmi come la peste. E poi, dal nulla, ti sei presentato a quell'evento e hai comprato un appuntamento proprio con *me*. Ma che cazzo ti è saltato in mente? No, grazie. Non ho bisogno di complicarmi la vita. E poi, l'ultima persona con cui vorrei mai perdere la verginità sei *tu*," replicai.

Capitolo Otto

HOLLY

Oh, santo cielo. Avevo appena detto a Nate di essere vergine.

Nel momento stesso in cui quella frase mi uscì dalle labbra, assolutamente senza il mio permesso, avrei voluto rimangiarmela.

Nate rimase letteralmente a bocca aperta. Con le guance in fiamme, mi venne quasi da ridere. Per mezzo secondo, ce l'avevo in pugno. Ero riuscita a sconvolgerlo nel profondo. Il lato negativo? Gli avevo svelato il mio segreto più grande e fastidioso.

Dopo un momento, scosse la testa. "Cosa?" Mi guardava con aria onestamente confusa.

Dovevo trovare una scappatoia da quell'impiccio. Ma non ero troppo preoccupata. Nonostante riuscisse a tormentarmi come nessun altro e per quanto volessi smettere di desiderarlo così tanto, sapevo che non l'avrebbe detto ad anima viva. Buttai giù un lungo sorso di caffè amaro, sentendo la mancanza del cioccolato fondente che mi avrebbe senz'altro dato una botta di coraggio.

Mi strinsi nelle spalle, provando ad apparire indifferente. "Hai sentito bene. Non è mica un dramma. Diciamo che è stato..." Feci una pausa e presi un bel respiro profondo, che tirai poi fuori in un sospiro. "È stato un incidente, mettiamola così."

"Un incidente?" ripeté Nate, scuotendo la testa con aria frastornata.

Fanculo. Mi ero lasciata sfuggire quel dettaglio molto importante, ma non potevo darci troppo peso. Tanto valeva dirgli tutta la verità, così almeno avrebbe capito che non aveva senso continuare a fantasticare su noi due.

"Sì, un incidente. Non la sto certo conservando per l'uomo giusto, fidati. Comunque sia, apprezzerei che non ne parlassi con nessuno."

Nate mi stava ancora fissando, gli occhi strabuzzati. Dopo una breve pausa, bevve un sorso lunghissimo di caffè per finire la tazza, che poi posò sul tavolo. Quanto avrei voluto infilarmi nella sua testa e vedere quello che stava pensando. Lo conoscevo da una vita, quindi riuscivo praticamente a sentire le rotelle che si muovevano.

Con tempismo perfetto, Janet ci raggiunse al tavolo e mi fece l'occhiolino, per poi rivolgersi a Nate. "Oggi il caffè lo offro io," disse con un sorriso.

Però lui ci mise diverso tempo a carburare e riprendersi dallo shock. Alla fine, riuscì a staccarmi gli occhi di dosso per posarli nei suoi. "Sei sicura?" le chiese, con un sorrisetto.

Janet annuì e aprì la bocca per dire qualcosa, ma qualcuno la chiamò e la interruppe. Dando a Nate una pacca sulla spalla, si voltò per lasciarci. Approfittai del momento per darmi alla fuga. "D'accordo," cominciai, infilando gli avanzi di bagel nella busta di carta. "Devo andare al lavoro. Ciao."

Corsi via senza nemmeno attendere una sua risposta. Quegli ultimi minuti erano senz'altro stati i più umilianti della mia vita. A passo svelto, percorsi il marciapiede fino a raggiungere il parcheggio dietro casa mia.

Beh, almeno così dovrei aver scongiurato l'imminente disastro. Scommetto che neanche lui vorrebbe assumersi la responsabilità di prendere la verginità di una donna, tantomeno la mia.

Non che pensassi che tale responsabilità cadesse nelle mani degli uomini. Le donne erano responsabili dei loro corpi e delle loro decisioni, ma ciò non cambiava comunque la percezione che la società si era fatta della verginità. Per un playboy come Nate, doveva essere senz'altro un territorio invalicabile.

Una parte di me era profondamente delusa. Se mi trovavo ancora a quel punto, era tutta colpa di una serie di fastidiosissime circostanze. Ricordai la conversazione che avevo avuto con Ella quando finalmente era tornata a Willow Brook. Se dopo l'incidente io avevo deciso di affrontare alcune questioni di petto, lei invece era fuggita. Ciò che però non avevo messo in conto, era che tutti i ragazzi del paese si sarebbero tenuti a debita distanza da me, nella convinzione che il mio cuore non avesse retto la perdita dell'amore della mia vita. Che ne avessi sofferto non c'erano dubbi, ma per me era stato piuttosto come perdere un carissimo amico. Alla fine, non avevamo neanche mai fatto sesso!

Argh. Alla fine, tutto si riduceva a quello. Non sopportavo neanche un po' quella mia situazione. Perché, perché, *perché* dovevo sentirmi attratta proprio da Nate?

Non ero stupida, lo sapevo che quella chimica esplosa come un fuoco d'artificio tra di noi non significava nulla. Cercavo una relazione seria e non avrei ceduto a una semplice avventura. Era tutto troppo complicato.

Arrivata al lavoro, mi ci gettai a capofitto per distrarre la mente. Durante l'inverno, il pronto soccorso di Willow Brook era poco movimentato, ma qualcosa da fare lo si trovava sempre. In qualità di caporeparto, nei giorni più frenetici mi toccava passare da un'emergenza all'altra. In quelli più tranquilli, invece, mi capitava di fare un po' di tutto.

Quel mattino, per l'appunto, ero stata mandata nel reparto di lungodegenza. Essendo un ospedale rurale, ma comunque vicino ad Anchorage, anche noi contavamo alcuni pazienti che necessitavano di ricoveri più lunghi. Praticamente, come fosse un *hospice*.

Se alcuni miei colleghi trovavano fosse troppo deprimente e, in fondo, triste lo era davvero, a me faceva piacere passare qualche ora nel reparto. Prima di tutto, di solito si trovavano pazienti molto simpatici e saggi. Dispensavano gratuitamente consigli di vita, senza alcun filtro.

Come entrai nella stanza di Joanna, sollevò lo sguardo al suono della porta che si era chiusa alle mie spalle e mi rivolse un ampio sorriso. Joanna aveva più di novant'anni e i suoi figli ormai adulti avevano lasciato l'Alaska, anche se tornavano comunque spesso a trovarla. Erano anni che Joanna conviveva con l'artrite reumatoide e aveva gravi problemi di mobilità.

"Oh, che bello, stamattina ci sei tu," affermò. La sua vocina esile in realtà celava uno spirito vivace. La sua salute era in declino e temevamo che ci avrebbe lasciati presto. L'assistente sociale dell'ospedale aveva informato i suoi figli proprio qualche giorno prima. Sarebbero passati a trovarla nel weekend, ma non sapevo se Joanna ne fosse a conoscenza o meno.

"Ehi, Joanna," risposi, avvicinandomi al letto. "Come te la passi, questa mattina?"

"Come potrai immaginarti da una signora che indossa pannoloni per adulti," replicò con un sorrisetto furbo, a cui però seguì un attacco di tosse.

"Ti porto subito qualcosa da bere."

Mi voltai verso il vassoio e versai in un bicchiere il suo succo di mela preferito, aspettando poi che la tosse si placasse. Dopodiché, con un pulsante sollevò un poco lo schienale del letto. Con un respiro debole, prese il bicchiere di carta e cominciò a sorseggiare il succo.

"Ah, così va molto meglio. Sono contenta di vedere proprio te. Questa notte ho dormito male. Non provare a convincermi a prendere quelle medicine per la tosse, per cortesia. Mi fanno dormire sempre e odio passare le giornate a dormire. Dato che tanto morirò presto, vorrei passare i miei ultimi giorni di vita sveglia," disse con un sorrisetto ironico, proprio quando la porta della stanza si aprì ed entrò Chris Grant.

Chris era un altro dei motivi per cui mi piacevano i turni in quel reparto. Faceva anche lui l'infermiere, era un buon amico e faceva scompisciare dalle risate.

"Oh, ma buongiorno. Avrò il piacere di passare il turno in tua compagnia?" mi chiese facendo l'occhiolino, rivolto nella mia direzione.

"Se sei fortunato," replicò Joanna dal letto, fermandosi a bere un altro sorso di succo.

Chris sorrise e le strinse un piede dalle coperte, fermandosi alla base del letto per sollevare il tablet montato alla struttura. "Hai già controllato i parametri vitali?" mi chiese.

"Non ancora. Sono appena arrivata."

"E l'ho accolta con un bell'attacco di tosse,"

aggiunse Joanna con una risata, seguita un'altra volta da un colpo di tosse tremolante.

Chris fece il giro del letto e si fermò al mio fianco, quindi portammo entrambi lo sguardo sullo schermo del tablet. I parametri erano i soliti ormai da giorni. Aveva smesso di prendere quasi tutti i farmaci prescritti, ma in fondo quella decisione dipendeva soltanto da lei. A quasi novantaquattro anni, mi sembrava più che giusto che una persona di quell'età potesse scegliere cosa fare della sua vita. Joanna stava anche affrontando gravi complicazioni dovute da una broncopneumopatia cronica ostruttiva. Lei stessa non aveva mai fumato, ma il suo defunto marito sì.

"Ti chiederei se posso darti qualcosa per quella tosse, ma credo di conoscere già la risposta," commentò Chris quando tossì di nuovo.

Presi il bicchiere vuoto e versai dell'altro succo. Dopo qualche respiro tremolante, Joanna annuì. "Certo che la conosci. Non mi piace sentirmi assonnata."

"Hai voglia di fare colazione?" le domandai.

"Chiedetela pure," rispose, facendo l'occhiolino.

"Perfetto. Beh, io resto qui per qualche altra ora, ma per ogni cosa sai come contattarmi," le dissi, sistemandole i cuscini dietro la schiena.

Mentre lasciavo la stanza, Chris inserì alcuni appunti sul tablet e cambiò la flebo.

Capitolo Nove

HOLLY

Dopo aver lasciato la stanza di Joanna, passai da qualche altro paziente prima di raggiungere la postazione degli infermieri su quel piano. Quella mattina c'era poco personale, soltanto io come supervisore e qualche altro infermiere. Nel giro di un paio d'ore, però, sarebbe arrivata più gente.

Chris fece il giro del bancone circolare e si poggiò al ripiano. "Che si dice?" mi chiese, incrociando le braccia mentre posava lo sguardo su di me.

Seduta al computer, aprii l'archivio delle cartelle cliniche e lasciai qualche appunto circa le visite fatte fino a quel momento. Nel frattempo, sollevai lo sguardo con una scrollata di spalle. "Niente di che. È una mattinata tranquilla, il che non mi dispiace affatto. Tu, invece? Come va?"

Chris sfoderò un sorriso. "Molto bene, sai. Finalmente io e Aaron abbiamo fissato la data delle nozze," disse, riferendosi al suo fidanzato.

"Oh, ma è meraviglioso! Quand'è, allora? E sono invitata anche io?"

Chris e Aaron stavano insieme dall'università, da

più di dieci anni. La legalizzazione del matrimonio omosessuale in Alaska aveva migliorato le loro vite. Senza perdere tempo, si erano fidanzati ufficialmente... anche se oramai era passato più di un anno. In quell'ultimo periodo, Chris non aveva fatto altro che lamentarsi perché non riuscivano a trovare la data perfetta.

"Ma certo che sei invitata! Ci sposiamo quest'estate. Forse organizziamo tutto a Diamond Creek. È uno dei nostri posti preferiti da visitare nel weekend, soprattutto col caldo. Cioè, lo sai che Aaron è il classico uomo dell'Alaska, che ama la pesca e la caccia. Ha la passione per tutte quelle attività all'aperto."

"Ed è anche per questo che lo ami così tanto," dissi con una risata. Tornando seria, posai la mano sulla sua e strinsi dolcemente. "Sono davvero contenta per voi."

"Lo so. A proposito di vita sentimentale... Come va la tua?" mi chiese, andando dritto al punto.

In quel periodo continuava ad assillarmi perché provassi a mettermi in gioco, dato che volevo trovare un rapporto serio. Proprio come il resto dei miei amici, nemmeno lui aveva la minima idea che fossi ancora vergine. Magari era proprio quella la radice di tutti i miei problemi.

Lo fissai brevemente, sapendo che da lui avrei senz'altro ricevuto ottimi consigli. Eravamo molto uniti, ma perlomeno non faceva parte di quella piccola cerchia di amici che conoscevo da una vita. Si era trasferito a Willow Brook dopo gli studi e aveva trovato lavoro come supervisore del personale infermieristico del reparto di lungodegenza. Col tempo aveva stretto amicizia con molti dei miei amici. Eppure, per quanto fosse impiccione, era anche meno supponente.

Mi feci forza con un bel respiro profondo e poi gli confessai la cruda verità. "Sono ancora vergine e credo che questa cosa mi stia consumando. Oh, e non sono ancora andata a quell'appuntamento con Nate."

Oltre alla mia amica Megan, che stava ad Anchorage, soltanto Chris conosceva i dettagli di quel catastrofico evento di beneficienza al quale avevo partecipato soltanto per divertirmi. Davanti alla mia affermazione, sbarrò gli occhi e rimase a bocca aperta. Notando la sua reazione, la richiuse di colpo. "Oh, cavoli. Ammetto che non sono una persona facile da sorprendere."

Mi affrettai a spiegargli meglio la situazione. "Prima di farti idee strane, sappi che è stato un incidente. Non la sto conservando per qualcuno. È solo che, mentre tutti gli altri erano impegnati a perdere la verginità, Jake è morto in quell'incidente e la mia vita ha preso una piega totalmente diversa. Per qualche motivo, tutti si sono convinti che avessi perso l'amore della mia vita e che il mio cuore non l'avrebbe mai superata. Ma il nostro rapporto non era così intenso, non come quello di Ella e Caleb," gli spiegai. Chris era a conoscenza di tutto quello che avevano passato e amava la loro storia. "Onestamente, se non fosse morto so che ci saremmo lasciati presto, rimanendo comunque amici. Comunque sia, dopo l'incidente tutti i ragazzi del paese hanno cominciato a evitarmi. È stato assurdo." Scossi la testa e sbuffai, affondando il viso tra le mani.

Quando sollevai lo sguardo, Chris si piegò verso di me per un abbraccio. "Sai, ha assolutamente senso. Questo genere di cose ti rovinano la vita sociale e di conseguenza anche quella sessuale."

"Già," mormorai. "E, da allora, non è che non ho mai frequentato nessuno. Non sono manco rimasta una santarellina. È solo che non sono mai arrivata al sodo. Tecnicamente, non mi sento vergine."

Chris scoppiò a ridere e scosse lentamente la testa. "Beh, tecnicamente, direi che lo sei."

"Non credo proprio. Ho i miei amici vibratori," replicai.

Cominciò a ridere così tanto che gli vennero le lacrime agli occhi. Per fortuna che era una mattinata tranquilla, perché ancora non eravamo stati interrotti da nessuno. E probabilmente avremmo potuto continuare a chiacchierare almeno per mezz'ora, dato che solo allora sarebbero arrivati gli altri infermieri. Sempre che qualcuno non chiedesse prima il nostro intervento.

"Fantastico, mi fa piacere. Comunque sia, non sono una donna, ma non credo che valga, in questo caso," disse quando si calmò.

Sospirai e mi alzai in piedi, raggiungendo l'altro lato del bancone dove si trovava una macchinetta del caffè monodose. "Vuoi un caffè?" gli chiesi, voltando la testa. "Io ho bisogno di caffeina, per reggere questi discorsi."

"Volentieri. Quello al cioccolato, magari."

Feci partire la macchinetta e poggiai i fianchi contro il bancone nell'attesa. "Diciamo che, con tutto quel discorso, volevo farti capire la mia situazione attuale."

Con sguardo serio, Chris si buttò sulla sedia che avevo appena liberato. Poggiando i piedi sul bancone, si diede una spinta per girarsi verso di me. "Non credo faccia molta differenza, sai? Se è il ragazzo giusto, beh, la cosa dovrebbe entusiasmarlo, credo. Cioè, agli uomini etero piacciono queste cose, no? Essere il primo per una donna, dico."

Trattenni una risata e spensi il caffè. Dopodiché, gli porsi la sua tazza e una mini-porzione di panna che avevo preso dalla scodella lì accanto. "Non saprei. Non sono un uomo. Dovresti saperlo meglio di me, insomma."

"Ok, sì, è una cosa che piace molto. Ripeto un'altra volta. Non credo che dovresti farti tutte queste paranoie. Se ti preoccupa così tanto, allora magari ti conviene fartela prendere da qualcuno e basta," rispose, prendendo la tazza.

"E qualcuno chi?" ribattei, lanciando le braccia per aria prima di voltarmi e mettere a fare un espresso. Premetti il pulsante e, con il ronzio in sottofondo, riportai lo sguardo su Chris.

Si strinse nelle spalle. "Beh, se credi ti sia di ostacolo, allora liberatene. L'hai detto tu che non la stai conservando per una persona speciale, no? Ma a proposito, davvero non sei andata a quell'appuntamento super costoso che ha comprato Nate? Mi pare che ti abbia fatto un favore bello grosso, non credi?"

Il giorno dopo l'evento, ero tornata a parlare con Ethan e Megan. Mi avevano confermato che le altre offerte erano tutte di persone con cui avrei comunque avuto pochissimo feeling. Megan mi aveva detto di smetterla di lamentarmi, di uscire con Nate e di divertirmi. Mica poteva immaginarselo che ci eravamo scambiati un bacio ardente proprio nel camerino, dopo l'evento.

"Lo so," mormorai. "Senti, ho bisogno di un consiglio sincero. Non so proprio con chi parlarne, dato che abbiamo soltanto amici in comune, io e lui."

"E io non sarei un amico?" replicò Chris, l'aria offesa.

"Certo che sì, ma so che tu sarai meno critico."

"Ok, d'accordo... Qual è il problema?"

"Diciamo che ho tralasciato alcuni dettagli sul nostro rapporto. Siamo quasi arrivati al sodo per ben due volte, ormai."

Chris si sporse in avanti e batté la mano sul bancone. "Oh, mio Dio. Ma che cavolo dici? Ti pare che puoi tenermi nascoste queste cose?"

Sentivo il viso in fiamme e mi voltai quando la macchinetta si fermò. Con un respiro profondo, versai la panna nel caffè e ne bevvi un sorso prima di ritornare alla conversazione.

"Non so cosa fare," dissi con un sospiro, poggiando i fianchi al ripiano.

"D'accordo, per il momento dimenticherò il mio disappunto. Tu cos'è che vuoi fare?"

Bevvi un altro sorso, con un'alzata di spalle. "Non lo so."

"Beh, a me sembra che tu voglia *farti* Nate," replicò, con un sorrisetto furbo.

Mi sfuggì una risatina e sentii di nuovo le guance bollenti. "Già, ma lo conosci. È uno a cui piace divertirsi senza vincoli. Non voglio essere soltanto l'ultima aggiunta alla sua... lista, diciamo."

Chris inclinò la testa di lato, lo sguardo fisso nel mio. "Secondo me gli piaci davvero, invece. E chi se ne frega se normalmente si diverte e basta? Potrebbe essere il candidato perfetto a cui dare la tua verginità. Non c'è manco bisogno che gli dici di essere vergine. E poi, *tecnicamente...*" Fece una pausa e, con le dita, mimò le virgolette. "Non sei vergine. Anche se scommetto che è ben dotato, quindi sarà difficile nasconderlo."

Scoppiai a ridere e, onestamente, ne ero convinta pure io. Pur non avendolo visto con i miei occhi, avevo il presentimento che tra le gambe nascondesse un mostro.

"Sai, mi sa che hai ragione. Comunque sia, il tuo piano non funzionerebbe."

"Perché, gliel'hai *già* detto?" mi chiese Chris, l'aria sconvolta.

"Sì," mormorai. "Diciamo che mi è sfuggito in un impeto di rabbia. Però sono riuscita davvero a zittirlo."

Chris gettò indietro la testa con una risata. "Oh, mio Dio! Avrei proprio voluto vedere la sua faccia. Senti, non so che dirti, ma non c'è modo di sapere in anticipo se hai trovato la persona giusta o meno. Non lo saprai mai, finché non ci provi. Mi sa che tutti e due vi state tenendo molto dentro, quindi perché non vi sfogate come si deve? Anche se preferisce le avventure, non significa che sia uno stronzo e comunque non frequenta le tipe de luogo. Preferisce inzuppare il biscotto nelle turiste che passano di qui durante i mesi estivi, ma in inverno se ne sta più tranquillo. Diciamo che potremmo paragonarlo a un orso, ecco."

Per poco non sputai il caffè che avevo in bocca. Nate non assomigliava affatto a un orso, ma l'immagine era troppo divertente. In quel momento, suonò il mio cercapersone e venni convocata al pronto soccorso. Raddrizzai la schiena e mi voltai per andare, ma Chris mi posò una mano sulla spalla prima che potessi correre via.

"Sì?" gli chiesi, voltandomi e notando che si era alzato in piedi.

"Non smettere mai di essere fantastica come sei. È tra le cose che preferisco di te. Sei una tipa super cazzuta. Piantala di angosciarti per questa storia della verginità e smettila di pianificare tutto quanto. Ti stai tormentando inutilmente ed è per questo che non riesci a decidere cosa fare." Detto ciò, mi strinse in un abbraccio fugace e mi roteò dall'altra parte, così che potessi correre al piano inferiore.

Capitolo Dieci

NATE

Poggiai la schiena contro la sedia del Wildlands, spostando lo sguardo sulla sala che brulicava di persone. Quella sera non mi trovavo lì con i miei amici. Mi ero fermato appena tornato da un volo alquanto turbolento, dopo una consegna di posta e provviste in un villaggio nativo poco distante. Sulla via del ritorno, all'improvviso si era scatenata una tempesta.

Bevvi un sorso di birra e provai a farmi piacere una ragazza seduta all'angolo del bancone del bar. Aveva lunghi capelli scuri, era piuttosto alta e slanciata. Si trattava oggettivamente di una bella donna e non era del luogo. Non l'avevo mai vista prima e avevo sentito dire a Mike, il barista, che si trovava lì per fare una consegna all'ospedale.

Tuttavia, per quanto la fissassi, non riuscivo a provare niente. Anzi, soltanto l'idea di avvicinarmi per provarci con lei mi lasciava l'amaro in bocca. Il problema non era lei, ma Holly. Erano passati ormai tre giorni da quando mi aveva sganciato addosso quella bomba sulla sua verginità e non avevo smesso di pensarci un attimo. Avevo accettato l'idea che da lei volessi di più di un semplice rapporto occasionale. Sapevo quanto fosse *speciale* e non ero mai riuscito a togliermela dalla testa. Pensavo finalmente di avere una chance, ma poi mi aveva sconvolto con quella notizia.

Ma come cazzo è possibile?

Quel dettaglio, però, non aveva minimamente compromesso quel desiderio intenso che provavo nei suoi confronti. Eppure, aveva assunto un significato diverso, di una profondità che mi aveva spinto a mettere il piede sul freno.

Mi alzai dalla sedia e mi feci strada tra la folla raccolta davanti al bancone, provando a convincere me stesso che probabilmente dovevo soltanto avvicinarmi di più a quella donna per ricordare al mio corpo che non esisteva soltanto Holly. Raggiunta la ragazza in questione, poggiai il gomito sul bancone e lasciai la bottiglia di birra mezza vuota.

La ragazza si voltò a guardarmi. Aveva dei bellissimi occhi azzurri. Nonostante il mio sguardo si fosse istintivamente mosso sul seno generoso, il mio corpo non reagì minimamente.

In combutta col corpo, il cervello proiettò un'immagine di Holly nella mia testa, i suoi lunghi capelli biondi raccolti in quel suo solito chignon spettinato, i grandi occhi marroni e il fisico compatto ma formoso. Ecco, a *quella* visione non sapevo resistere, né tantomeno ci riusciva il mio uccello.

Cercai di convincermi che mi bastava soltanto riattivare la cosiddetta "memoria muscolare". Se ci avessi provato con lei, flirtato come al solito, allora il mio corpo avrebbe ricordato cos'è che volevo realmente e, soprattutto, dimenticato Holly.

Era la prima volta che mi sentivo tanto disorientato. Non sapevo neanche come attaccare bottone. Nelle interazioni sociali, anche quelle normalissime, avevo sempre la battuta pronta con ogni uomo, donna oppure oggetto inanimato. Le rivolsi un sorriso blando, voltandomi dall'altra parte quando il barista mi fece una domanda.

"Ne vuoi un'altra?" chiese Mike, guardando la bottiglia.

"No, grazie. Devo andare."

Me ne andai senza neanche finire la birra, seccato, irrequieto e frustrato all'estremo. Salito in macchina, mi diressi nella direzione opposta rispetto a casa mia, come in automatico. Holly viveva a neanche un paio di isolati dal Wildlands.

Sapevo cos'è che volevo da lei, ma non come prendermelo. Per cominciare, potevamo provare a gettare un fiammifero e della benzina su quel fuoco che ardeva già tra di noi.

Che io sapessi, non avevo mai fatto sesso con una vergine. La ragazza con cui l'avevo fatto per la prima volta alle superiori aveva già più esperienza di me. Ci eravamo semplicemente divertiti sotto le lenzuola. Ci eravamo frequentati per qualche mese dopo che il suo tanto amato ex l'aveva tradita. Eravamo ancora amici, sebbene non vivesse più a Willow Brook. Si era trasferita ad Anchorage e si era costruita una famiglia felice.

Da quel momento in poi, mi ero dato alla pazza gioia. Ero diventato un maestro dei rapporti occasionali, ma con Holly volevo di più. Una vocina fastidiosa nella mia testa era convinta che ancora non avesse dimenticato Jake. Parcheggiai dietro il palazzo, accanto alla sua macchina. Ero già stato da lei, ma mai da solo. Aveva organizzato qualche serata tra amici e avevo sempre seguito Alex. Sollevai lo sguardo verso la finestra sul retro e vidi che dentro c'era la luce accesa.

Avevo un pensiero fisso e uno soltanto: dovevo prendermi ciò che volevo... o meglio, *chi* volevo. Sapevo quanto fosse stupido e, se non avessi bevuto solo mezza birra, avrei potuto far ricadere la colpa delle mie azioni sull'alcool. In un attimo, mi ritrovai di fronte alla porta della cucina e sollevai la mano per bussare tre volte.

La porta si aprì poco dopo e Holly apparve di fronte a me. Appena le posai gli occhi addosso, un desiderio violento e incontenibile mi travolse. Portava i capelli legati in una coda, con alcune ciocche che le incorniciavano il viso. Gli occhi marroni si allargarono per la sorpresa quando mi vide, mentre un rossore le tinse le guance. Indossava una maglietta di cotone con lo scollo a V, il tessuto un poco consumato e sottile. Notai all'istante che non aveva il reggiseno e il modo in cui la maglia era tirata sul seno rigoglioso. I capezzoli, due sassolini duri, spuntavano come a salutarmi. Un paio di pantaloni morbidi le ricadevano bassi sui fianchi, mettendo in mostra una strisciolina di pelle tra l'orlo della maglietta e l'elastico. Aveva i piedi nudi, le unghie pitturate di un blu acceso.

Dovevamo essere rimasti fermi in quella posizione un po' troppo a lungo, perché la vidi tremare. Soltanto allora mi resi conto di quanto facesse freddo lì fuori. "Posso entrare?" le chiesi.

Scuotendo incredula la testa, si fece da parte. "Visto che sei qui, accomodati pure. Fuori si gela." Fece un passo indietro e mi fece passare, per poi chiudermi subito la porta alle spalle. "Che diamine ci fai qui? Sono quasi le dieci."

Mi presi un attimo per rimettere ordine tra le idee, guardandomi intorno. Ci trovavamo in un'ampia stanza con la cucina e il soggiorno separati da una piccola isola. Sulla parete opposta rispetto alla porta da cui ero entrato, una fila di finestre si aprivano sulla buia Main Street. Un divano componibile era rivolto da un lato verso le finestre e dall'altro verso il muro con il televisore. Oltre a qualche tavolino, non aveva altri mobili.

Mi accorsi proprio in quel momento che non ero mai stato in camera da letto. Dalla porta aperta intravedevo un letto matrimoniale con una montagna di cuscini e un piumino morbido blu scuro.

"Dunque?" mi chiese Holly.

Riportai lo sguardo su di lei. In effetti, non c'era alcun motivo valido per presentarmi all'improvviso da lei a quell'ora. Prima che il mio cervello potesse mettere insieme una risposta, mi avvicinai e mi voltai verso di lei. Indietreggiò appena, finendo contro la parete. Aprì la bocca, probabilmente per lamentarsi.

"Mi è venuta un'idea," dissi in tutta fretta, per anticiparla.

Mi guardò con aria seccata. Aveva le guance arrossate e il battito frenetico del suo cuore era ben visibile sotto la pelle sottile del collo. Sentivo anche i capezzoli turgidi che premevano contro il mio petto, mentre faceva fatica a respirare. Sapevo già quanto fosse bello farla venire sulle mie dita, ma volevo anche provare la stessa esperienza sulla bocca e il cazzo.

"Ovvero?" domandò.

"Hai detto che non stai conservando la tua verginità per nessuno e che ti è solo d'intralcio. D'accordo, allora risolviamo il problema insieme."

Il mio cervello aveva smesso completamente di funzionare. Appena quella proposta uscì dalle mie labbra, scattò qualcosa dentro.

Ma che accidenti stai facendo?

Quello che voglio.

La risposta fu immediata e genuina. Volevo Holly. Con tutto me stesso.

Riuscivo quasi a vedere le rotelle che giravano con furia nella sua testa mentre mi guardava, le guance sempre più in fiamme. Fece schizzare la lingua fuori dalla bocca e la passò sul labbro inferiore, un gesto che quasi mi uccise. Ce l'avevo duro, così duro che faceva male. Sapevo anche che poteva sentirlo, premuto contro il suo ventre.

"Intendi come una cosa di una volta sola?" mi chiese.

Un lampo le attraversò gli occhi e il mio cuore martellò violentemente contro la cassa toracica. Holly non era affatto una donna vulnerabile. Era forte, sfacciata e presuntuosa come non mai. Non chinava il capo davanti a niente e nessuno. Eppure, la vulnerabilità che percepii in quel momento mi prese alla sprovvista.

Per quanto sapessi che si fidava di me in qualità di amico, mi aveva fatto intendere che in quel campo era tutta un'altra storia. Ero dunque intenzionato a dimostrarle che si sbagliava. Sapevo anche che non sarei riuscito a convincerla con qualche parolina dolce, quindi dovevo sfruttare al massimo quel desiderio incandescente che aveva preso fuoco tra di noi.

Restò in silenzio a lungo, forse troppo, e immaginavo che stesse per mettersi a discutere. "Forse sì, forse no. Vediamo che succede," risposi infine.

Prese un respiro profondo, premendo il seno contro il mio petto. Dovetti fare appello a tutto il mio autocontrollo per non spingere il bacino contro il suo.

La sua reazione mi stupì. "D'accordo," disse, con un sospiro lieve.

Nonostante fosse esattamente ciò che volevo sentire, non mi ero preparato a una risposta simile.

Anche se, onestamente, mi ero fiondato lì assolutamente impreparato. Ricordai tutto d'un colpo che era ancora vergine. Per quanto mi sarebbe piaciuto farlo, non potevo scoparmela lì contro il muro. Non mi pareva corretto nei suoi confronti.

Ovviamente di sbagliato c'era soltanto il tempismo, perché avevo tutte le intenzioni di rimandare a un'altra volta. Immaginare le gambe di Holly avvolte attorno alla mia vita, lei tutta nuda e la pelle arrossata mentre mi spingevo in lei bastò quasi a mettermi in ginocchio. Ma non era fattibile per la sua prima volta.

Non ero mai stato quel genere di uomo fissato con la verginità di una donna. Non trovavo fosse qualcosa che potesse appartenermi o che potessi rivendicare. Ma in quel momento mi resi conto che, probabilmente, l'avevo sempre vista così perché non mi era mai capitata tra le mani una donna così speciale. Erano giorni, ormai, che mi chiedevo come fosse possibile che nessun altro uomo avesse avuto la fortuna di farla sua.

Capitolo Undici

NATE

Senza attendere un secondo di più, sollevai la mano e spostai alcune ciocche ribelli dalla sua guancia, per poi chinarmi e parlare a un soffio dalle sue labbra. "D'accordo, allora facciamolo," mormorai.

Inarcò all'istante la schiena contro di me, facendomi scivolare una mano dietro la nuca. "Ma porca miseria, baciami e basta," sussurrò lei.

Come al solito, aveva assunto il controllo della situazione.

Non aveva senso mettersi a discutere. Le nostre bocche si trovarono subito dopo. Avevo ben presto imparato che i baci con Holly erano magici. Santo cielo, avrei potuto baciarla all'infinito. Senza trattenersi, muoveva le labbra sensuali contro le mie, finché la lingua non mi invase la bocca per una danza passionale.

Amavo i suoni che emetteva, gemiti e sbuffi delicati sulla mia bocca. Persi totalmente la cognizione del tempo. A un certo punto, la sollevai e mi cinse la vita con le gambe. Sentivo il calore umido del suo sesso attraverso il cotone sottile dei suoi pantaloni e i miei jeans.

Nel delirio, una voce mi ricordò che non ero con una donna qualunque. Tra le mie braccia c'era Holly, la donna su cui avevo fantasticato per anni e che mi ero convinto di non poter avere. Ma soprattutto, era vergine. Dovevo fare le cose per bene. Aggrappandomi all'ultimo briciolo di autocontrollo rimasto, mi ricomposi a fatica e mi staccai dal bacio, prendendo finalmente una boccata d'aria.

Tenendo Holly stretta contro di me, mi voltai dall'altra parte. "Letto," mormorai.

Holly rise e il suono ruvido me lo fece venire ancora più duro. Quella donna rischiava di farmi venire nelle mutande.

"Che c'è, credi di dover procedere con cautela e fare le cose per bene perché sono vergine? Ti ricordo che abbiamo quasi scopato in un ascensore. E poi non c'è bisogno di farne un affare di stato. Non sono sempre stata una santa e ho il comodino pieno di vibratori."

Santo cielo, di quel passo, avrei dovuto pregare per non perdere completamente il controllo. Con l'immagine di lei che si masturbava nella mente, sentivo che stavo per esplodere. Come già detto, rischiavo di rovinare tutto ancora prima di passare all'azione.

Mi voltai verso la camera da letto e la strinsi a me. "Sta' zitta."

"Oh, credici," disse in tono provocante, mentre con la spalla aprivo la porta.

Con un'altra risatina, chinò la testa e mi mordicchiò il collo. Quella donna rappresentava l'esatto opposto della parola "passività". In fondo, nel camerino dell'evento di beneficienza mi era praticamente saltata addosso. Per non parlare dell'episodio nell'ascensore.

Eppure, dopo aver rimuginato per tre giorni interi sulla sua verginità, mi ero convinto di doverla trattare coi guanti. Ma lei non sembrava volerne sentire ragioni. Un altro morso e poi, quando mi fermai ai piedi del letto, mi diede un colpetto alla spalla. "Sbrigati, insomma!"

"Porca troia, Holly," mormorai.

La lasciai lentamente andare e scivolò giù, sfregandosi contro il mio corpo. Il contatto accese tutte le mie terminazioni nervose. Fremevo per la trepidazione e il desiderio prese a circolarmi come fuoco nelle vene.

Con una mano, Holly afferrò l'orlo della maglietta e con un gesto rapido se la sfilò dalla testa, lasciandola ricadere al suolo. Rimasi senza fiato. Letteralmente. Per quanto avessi fantasticato più e più volte sul suo seno, quella era la prima volta che potevo vederlo in tutta la sua gloria.

Mi sentii quasi mancare. Era pieno e tondo, i capezzoli scuri sull'attenti. Holly incrociò il mio sguardo e un sorrisetto le incurvò l'angolo della bocca.

"Oh, capisco. Che credevi? Che sarei diventata timida tutto d'un colpo? Ti informo che non è per questo che sono ancora vergine. È solo che non ho mai trovato l'uomo giusto a cui darla. Però sì, hai ragione. Tanto vale togliermela di torno. Così non mi sarà più d'intralcio."

Nonostante avessi perso la facoltà di pensare lucidamente — o meglio, di pensare in generale — nel sentirla parlare mi venne una fitta al cuore. Avevo il presentimento che già dal giorno dopo mi avrebbe allontanato, lasciato in un angolino con l'etichetta di *amici con benefici* sulla fronte. Avendo sempre preferito io stesso i rapporti occasionali, evitando di invischiarmi con donne della mia cerchia di amici, non potevo fargliene una colpa. Eppure, faceva male. Per fortuna, però, non potei rimuginarci troppo perché Holly richiamò la mia attenzione sul presente. Con un passo rapido, si avvicinò e mi sfilò la giacca dalle braccia. "Hai troppi vestiti addosso," mormorò.

Fece scivolare una mano sotto la mia maglietta, lasciandosi dietro una scia infuocata sulla pelle. Sentivo il mio controllo che scivolava rapidamente via, quindi mi aggrappai con più forza. Portai la mano dietro la testa e afferrai il colletto della maglietta, che sfilai e lasciai cadere accanto alla sua. Dopo aver preso un preservativo dal portafoglio, lo lanciai sul comodino e poi mi tolsi anche i jeans.

Quando riportai lo sguardo su Holly, si stava sfilando i pantaloni, che lanciò via con un colpo secco. Porca troia. Stava diventando una vera e propria tortura.

Era lì di fronte a me, il seno nudo una tentazione al di fuori dell'immaginabile. Mangiai con gli occhi ogni dettaglio del suo corpo: l'avvallamento della vita, la morbida curva del ventre, la rotondità dei fianchi. Riusciva a farmi impazzire senza neanche bisogno che la toccassi con un dito.

Ovviamente, giusto per trascinarmi ulteriormente oltre il limite dell'autocontrollo, indossava delle mutandine quasi invisibili di seta, di un bel blu marino. Non appena infilò un dito sotto l'orlo, dovetti tenere ben salde le redini per non impazzire.

"No," mormorai, un ordine ruvido.

I suoi grandi occhi marroni schizzarono nei miei. "No?"

"Non ancora."

Eliminai qualunque distanza tra noi e dovetti trattenere un gemito quando le feci scivolare una mano tra i capelli e l'altra lungo la schiena, fino alla curva deliziosa del fondoschiena. Non era la prima volta che sentivo il suo corpo premuto contro il mio, ma c'erano sempre stati strati di vestiti a separarci. Non appena il suo seno nudo, soffice e liscio, trovò il mio petto, fu come se una scossa elettrica mi attraversò.

Dovevo distrarle la mente, fare in modo che si perdesse nel momento tanto quanto me. Catturai le sue labbra e riversai nella sua bocca tutto quel desiderio che mi turbinava dentro. Andò ad alimentare quella tempesta bacio dopo bacio, carezza dopo carezza, morso dopo morso. Una mano esplorava il mio petto mentre l'altra scendeva lungo la schiena, graffiando leggera la pelle con le unghie. Mi aggrappai a una parvenza di controllo, se non altro perché quella donna era tutto ciò che desideravo e stavo per farla mia. *Finalmente*. Da troppi anni ormai me l'ero immaginata nuda tra le mie braccia, fantasia che mi era come rimasta impressa nel cervello.

Il sollievo che mi provocò quel contatto così intimo fu immenso. La gettai sul letto insieme a me e mi spostai su un fianco, lasciando le sue labbra per esplorare ogni centimetro del suo corpo delizioso. La pelle aveva allo stesso tempo un sapore dolce e salato. Palpai un seno e sollevai lo sguardo quando inarcò la schiena contro di me, con un gemito delicato.

Le mie fantasie erano nate da un archivio di informazioni che conteneva molti pochi dati. I nostri recenti incontri mi avevano dato più materiale su cui lavorare, certo, ma niente avrebbe mai potuto prepararmi a quella meravigliosa sensazione di estrema vicinanza, con nient'altro che un pezzetto di seta a dividerci.

Le stuzzicai il capezzolo turgido col pollice prima di carezzarlo con la lingua, succhiarlo e mordicchiarlo appena, strappandole un urlo. Dedicai le stesse attenzioni anche all'altro bocciolo, massaggiando con un dito la pelle lasciata umida dalla mia lingua.

Ci perdemmo in un mare di passione. Con un sussulto strozzato affondò le dita tra i miei capelli. I nostri respiri pesanti si confondevano nell'aria. Ce l'avevo talmente duro che aveva cominciato a fare male, mentre un desiderio pressante mi pulsava dentro a ogni tocco.

Feci scivolare le dita lungo la morbida curva del ventre, fermandomi ad afferrare con forza il fianco. Lentamente, le portai sempre più giù, fino a raggiungere le mutandine fradicie. Le mie dita conoscevano già molto bene il suo sesso caldo, ma non vedevo l'ora di penetrarla e farla mia.

Prima di tutto, però, dovevo farle perdere la testa.

Cominciai a stuzzicare la seta con le dita e la guardai in volto per una reazione. Aveva le guance arrossate, mentre un leggero strato di sudore le faceva brillare la pelle. La luce soffusa della lampada nell'angolo le proiettava un bagliore dorato sul corpo.

"Nate," ansimò, sollevando il bacino verso la mia mano.

Vederla così eccitata mi riempì di un forte senso di soddisfazione.

"Che c'è?" mormorai in risposta.

I suoi capelli erano un groviglio spettinato sopra i cuscini che la circondavano. Sollevò la testa e portò un braccio dietro di sé per reggersi sul gomito. L'erezione pulsò violentemente. Era un vero capolavoro, con i capezzoli turgidi che mi supplicavano di essere leccati e succhiati di nuovo. Mentre aspettavo la sua risposta, il suo sguardo si indurì. Oh, cielo, quanto amavo vederla arrabbiata.

"Datti una mossa," mi ordinò.

Si spostò un poco e allungò una mano verso di me. "Non così in fretta," dissi, bloccandole il polso con la mano libera, mentre con l'altra spostai la seta delle mutandine e affondai le dita nel canale, caldo e bagnato. Le sue parole sfumarono in un grido roco e si lasciò cadere di nuovo sui cuscini, sollevando di scatto il bacino verso la mano.

Era come se io e Holly non conoscessimo la delicatezza. Eravamo due scintille che, scontrandosi, andavano ad alimentare le fiamme di un incendio e ne creavano sempre di più, al benché minimo contatto.

Scivolai lungo il suo corpo e spostai di lato un ginocchio. Davanti alle sue gambe divaricate, chinai la testa e carezzai il sesso con la lingua. In risposta, il canale si strinse con forza attorno alle mie dita. Intralciato dalle mutandine, mi sollevai giusto un poco e le abbassai con un gesto rapido, per poi lanciarle dall'altra parte della stanza. Dopodiché, affondai il viso tra le cosce e cominciai a leccare e succhiare, senza smettere di fotterla con le dita mentre gemeva e si dimenava contro la mia bocca.

Sentivo che l'orgasmo era vicino, finché non irrigidì i muscoli e lanciò un urlo di piacere. Esplose col mio nome sulle labbra, un grugnito strozzato. Avrei voluto prendermela con calma, ma per quello era necessario avere maggiore autocontrollo. Abbassai con forza i boxer e li calciai via. Dopodiché, risalii lentamente sul suo corpo con le labbra e la lingua. Il mio obiettivo era uno e uno soltanto, ovvero penetrare finalmente la donna che aveva invaso le mie fantasie per anni.

Mi posizionai tra le sue cosce, calde e accoglienti. Con un movimento secco, feci scivolare il membro tra le labbra fradicie. Soltanto allora la realtà mi colpì violenta come una sberla. Perso com'ero in quel tornado di desiderio che mi vorticava dentro, mi ero completamente scordato di infilare il profilattico. Provai a rotolare via e mormorai, "Il preservativo."

Holly mi aveva cinto la vita con le gambe e mi stava tenendo ben fermo sopra di lei. Era una donna minuta, perlomeno in altezza, ma comunque piuttosto forte. Abbassai lo sguardo e trovai il suo, penetrante.

"Holly?"

Scosse la testa e poi allentò la presa. Allora, mi allungai per recuperare il preservativo rimasto sul comodino e lo infilai in tempo record. Tornai dunque in posizione, sentendo subito la mancanza del contatto con la sua pelle nuda. Cercai comunque di superare quel velo di desiderio che mi oscurava la mente, e le domandai, "Sei sicura di volerlo fare?"

Si fece una risatina, il suono tanto dolce da stringermi il cuore. "Direi che ormai è un po' tardi per tirarmi indietro, non credi?"

Quel momento si rivelò molto più carico di significato di quanto avessi anticipato. Tralasciando tutte le mie fantasie, quella rimaneva Holly, una donna che conoscevo praticamente da tutta la vita. In quel momento, stavo per diventare il primo uomo a possederla in quel modo. Avrei dovuto senz'altro fare appello a ogni briciolo di autocontrollo ma, se alla fine avesse cambiato idea, avrei rispettato la sua decisione.

Capitolo Dodici

HOLLY

Lo sguardo di Nate reggeva il mio, così intenso da mozzarmi il fiato. Sentivo il suo membro lungo, duro e grosso poggiato al mio sesso. Con le dita e la bocca, mi aveva appena regalato un orgasmo esplosivo che avrebbe dovuto saziarmi, ma in realtà non lo ero neanche lontanamente.

E dopo avermi portata fino a lì, voleva comunque sapere se mi sentissi pronta. Se avessi avuto anche solo un briciolo di buon senso, non mi sarei trovata nuda sul mio letto con lui, in procinto di abbandonarmi a un qualcosa che rischiava di rivelarsi un errore madornale.

Ma tutto il resto non aveva importanza. In quel momento, tutto ciò che contavano erano il battito frenetico del mio cuore, il desiderio che mescolato all'emozione mi turbinava dentro con violenza, e il bisogno quasi disperato di sentire Nate dentro di me.

"Sono sicura," risposi.

Sollevai il bacino di riflesso e una scarica di piacere mi attraversò al contatto col clitoride gonfio. Volevo di più. E finalmente, *finalmente*, me lo stava dando. Si ritrasse appena e posò la punta tra le labbra. Eccitazione o meno, per un istante provai una fitta di ansia.

E poi, cominciò a penetrarmi, un affondo lento e profondo. Percepivo il suo controllo venir meno. Era rigido come una statua e sentivo il membro che cresceva dentro di me. Provai un leggero pizzicore che bruciò appena, ma comunque tollerabile. Forse, i vibratori avevano aiutato davvero.

Nate parlò biascicando un poco le parole. "Stai bene, Holly?"

"Mmhmmh," risposi, il cuore che martellava tanto violento da riecheggiare in tutto il corpo.

Sollevai di nuovo il bacino verso di lui e un'altra fitta mi attraversò. Però era piacevole, il senso di pienezza ancora più incredibile di quanto avrei mai potuto immaginare. Non pensavo di essermi persa così tanto, nella vita.

Nate si ritrasse lentamente, per poi affondare di nuovo. Sentivo che stava ancora cercando di prendere le misure, di capire come comportarsi. Impaziente e guidata da un ardente e struggente desiderio, inarcai la schiena e assecondai ogni spinta col bacino. Ormai mi ero persa nelle sensazioni, ero troppo eccitata per tollerare movimenti così delicati, così lenti.

Gli avvolsi le gambe attorno alla vita e gli carezzai la schiena. "Non farmi aspettare," mormorai.

I nostri sguardi si trovarono, il suo ombroso e intenso. Nei suoi occhi vi fu un lampo che mi colpì dritto al cuore, mettendo giù radici. Mi era venuto il capogiro. Con ogni spinta dentro di me, la sua pelle sulla mia e i muscoli sodi che mi avvolgevano, mi sembrava di fluttuare in una bolla di desiderio e intimità.

"Non farò tutto di fretta solo perché lo dici tu," sussurrò sulle mie labbra, la voce ruvida.

Era vero che non avevo conservato la verginità per qualcuno di speciale, eppure nulla avrebbe mai potuto prepararmi per un momento come quello. Avevo il presentimento di aver commesso un grosso errore, cedendola proprio a Nate. Sentivo che mi avrebbe rovinata. Nel farlo con lui, mi sentivo in balia di onde anomale, in cui il puro desidero si mescolava alle mie emozioni.

Tutto si fece confuso. Senza smettere neanche per un secondo di spingersi dentro di me, Nate assunse il totale controllo sulla situazione. Non che avessi mai potuto provare a riprendermelo. Era diventata una danza folle in slow-motion, con i suoi muscoli possenti che premevano contro le mie curve e le spinte profonde nel mio sesso stretto. Colpo dopo colpo, la frizione mi stava portando sempre più vicina al precipizio, con la sensazione di pressione che aumentava a dismisura.

Nel frattempo, ci guardavamo negli occhi e non riuscivo a distogliere lo sguardo. Un piacere immenso si diffuse in tutto il corpo, come fiamme di un incendio. Al che, Nate si sollevò un poco e portò una mano tra di noi. Non appena cominciò a massaggiare il clitoride col pollice, quella pressione esplose con violenza, strappandomi un grido.

Lui non si fermò e l'orgasmo continuò a scuotermi ancora e ancora e ancora, mentre i muscoli del mio sesso si stringevano attorno al membro come una morsa. Quando cominciò a placarsi, sentivo di aver perso tutte le forze. Poco dopo, Nate si irrigidì e lanciò un urlo strozzato. Dopodiché, crollò su di me e rotolò supino, tenendomi premuta contro il petto.

Mi sentivo leggera come una piuma che volteggiava al vento. Nate mormorò qualcosa e mi spostò i capelli umidi dal viso.

"Stai bene?"

Una domanda semplicissima, probabilmente dovuta alla sua angoscia di avermi fatto del male. Oh, certo, c'era stato un senso di bruciore più acuto del solito, eppure, provai una certa irritazione.

Probabilmente perché mi sentivo troppo vulnerabile, troppo messa a nudo, intrappolata in una corrente sotterranea di desiderio e intimità più intensa di qualunque cosa avessi mai provato prima. Proprio non sapevo come spiegarmi il fatto che non fossi mai arrivata al sodo con nessun altro uomo, soprattutto perché non avevo mai avuto alcun motivo per rifiutare. Ma quello che avevo provato con Nate era molto di più di quanto mi sarei mai aspettata.

L'emozione mi chiuse la gola. Senza riuscire a spostare lo sguardo dai suoi occhi color cioccolato, mi ritrovai ad annuire. La mia mente era però da un'altra parte, ancora alla deriva in un mare di sensazioni, mentre fremiti di piacere continuavano a scuotere il corpo.

I nostri respiri, all'unisono, si placarono e riuscii finalmente a buttare dentro abbastanza ossigeno da rimettere in moto il cervello. Col suo braccio avvolto dietro la schiena, una mano sul sedere e l'altra che mi carezzava i capelli, mi dissi che dovevo spostarmi da lì. Ma non volevo farlo.

Era tutto troppo bello. Non credevo che il momento in cui avessi perso la verginità sarebbe stato così carico di significato. Volevo soltanto rintanarmi in lui e ignorare il resto del mondo. Però non era possibile. Dovevo mantenere dei paletti, tanto per il mio bene quanto per il suo.

Mi feci coraggio e sollevai la testa, poggiando il mento sul palmo della mano. Al mio movimento, Nate aprì gli occhi. Avrei dato qualunque cosa per entrare nella sua testa. Era sempre stato indecifrabile, sin da piccolo. A parte ciò che decideva di mostrare al mondo, ovviamente. Tutti conoscevano Nate il playboy, che si divertiva con tutte. Però, in quel momento, mentre lo guardavo negli occhi non riuscivo proprio a capire a cosa stesse pensando. Smise di accarezzarmi i capelli e sollevò la mano, per spostare qualche ciocca ribelle dalla fronte.

Era tutto troppo, troppo vicino a quello che volevo. Mi costrinsi a spostarmi. Mi sollevai e abbassai lo sguardo, rendendomi conto che lo stavo cavalcando. Mossi i fianchi e sentii il membro che si gonfiava dentro di me. Nate accennò un sorrisetto. "Non farlo," mormorò.

Non era mia intenzione, non volevo provocarlo, ma il mio bacino si mosse di testa sua, strofinandosi su di lui. Potevo ripetermi quello che volevo, ma il mio corpo sapeva cosa, o meglio *chi*, volevo: Nate. Lo desideravo di nuovo, sebbene mi avesse portata all'apice non una, ma ben due volte.

"Stai cercando un modo per cacciarmi?" mi chiese.

Le sue parole mi fecero incazzare. Ma non gliel'avrei comunque fatto presente. Non sopportavo il fatto che sapesse leggermi così bene e così facilmente. Non appena rimisi in moto il cervello, mi fermai davvero a riflettere su un modo educato per mandarlo via.

Non perché lo volessi davvero. Anzi, dentro di me volevo che restasse. Con tutta me stessa. E la cosa mi terrorizzava.

Provai a ricompormi e alzai gli occhi al cielo. "No, non ti stavo cacciando."

Probabilmente sapeva che stavo mentendo, ma lasciò correre. Un senso di imbarazzo mi montò dentro. Avevo sempre pensato che perdere la verginità sarebbe stato un momento come un altro. Eppure eccomi lì, senza più quel fardello sul cuore, nuda nel mio letto con Nate. Ci conoscevamo da una vita ed era tra le pochissime persone a conoscenza del mio piccolo segreto.

Non sapevo come sbrogliarmi da lui con naturalezza. Però, mi risparmiò la fatica. Che avesse percepito la mia incertezza o magari si trattava soltanto di ottimo tempismo, si spostò un poco e mi sollevò per scivolare fuori. Mi sentii subito vuota, come se avessi perso un pezzo di me.

Rotolò poi dall'altra parte e si alzò dal letto. Quando lo guardai nella luce fioca, mi si mozzò il fiato. Non che non l'avessi mai visto a torso nudo. In fondo, era il migliore amico di mio fratello. Durante le superiori aveva passato molte notti a casa nostra, passando metà del tempo in pantaloni da tuta e senza maglietta.

Ma, a quei tempi, il mio corpo non l'aveva ancora notato davvero. In quel momento, invece, bastava uno sguardo a farmi montare dentro un'altra ondata di desiderio. Un attimo dopo, mi porse la mano. Quando non dissi nulla, imbambolata, mi rivolse un sorriso.

"Doccia," disse, come se fosse la cosa più naturale del mondo.

Ormai avevo smesso di pensare. Era molto più semplice. Lo presi per mano e una scossa elettrica partì dal punto di contatto. Lui strinse forte e mi sollevò, la presa salda e calda.

Capitolo Tredici

HOLLY

Mi svegliai per un fruscio in camera. Dovevo aver mormorato qualcosa, perché poi sentii la voce di Nate. Si avvicinò al bordo del letto e si chinò, per poi posare le labbra sulle mie. Provai subito l'intenso desiderio di tirarlo sul letto con me e abbandonarmi di nuovo a quella stessa follia in cui ci eravamo persi la notte prima.

"Devo andare," disse, la voce un sussurro roco.

Nonostante tutte le mie buone intenzioni di non addormentarmi al suo fianco, avevo fallito miseramente. Dopo la sua battuta sul volerlo cacciare di casa, non me l'ero più sentita di farlo davvero. Non volevo dargli ragione. Ma soprattutto, non volevo se ne andasse.

Ricordavo vagamente che mi aveva detto che il mattino seguente sarebbe andato via molto presto, per andare ad accompagnare un gruppo di sciatori a un resort. Sarebbe stato via per tre giorni.

"Oh, giusto," risposi, sedendomi sul letto. Come mi poggiai sui cuscini, le coperte scivolarono fino alla vita.

Spostai i capelli arruffati dietro le orecchie e lo guardai. "Vuoi un caffè?"

"Non devi svegliarti per me, però devi coprirti," disse con una risata.

Posò lo sguardo sul mio seno, illuminato dalla luce accesa del bagno. In un secondo, sentii i capezzoli inturgidirsi sotto il suo sguardo. Prima che potessi dire qualcosa, Nate chinò la testa e ne catturò uno tra le labbra, che stuzzicò con la lingua e i denti. Reagì subito anche il mio sesso, che prese a pulsare di desiderio.

Nate si sollevò subito, lasciandomi tutta turbata. Così, calciai via le coperte e presi la vestaglia drappeggiata su una sedia, per poi superarlo. "Mi sveglio sempre molto presto. Tra due ore devo essere all'ospedale. Ti preparo il caffè, ce l'hai un po' di tempo?" gli chiesi, voltando la testa mentre uscivo dalla camera per raggiungere la cucina, dove accesi la luce.

Erano le sei e mezza e il sole sarebbe sorto soltanto un'oretta e mezza dopo.

"Sì, ce l'ho. Ma non devi..." Si bloccò quando gli lanciai un'occhiata e scossi la testa, stringendo la cintura della vestaglia.

Avevo bisogno di tenermi occupata. Non volevo passare tutta la mattina coricata a letto, persa in chissà quali fantasie su Nate. Con una risata, si sedette su uno degli sgabelli del bancone. "Se proprio insisti. Ho circa mezz'ora."

"Perfetto. Allora riesco anche a preparare qualcosa da mangiare."

"Non devi..." Quella volta rise quando lo fulminai con lo sguardo.

"Devi fare colazione. I dolci di Janet sono deliziosi, ma la colazione comincia a servirla tra un'ora. Ti preparo un panino con le uova. Ci metto neanche dieci minuti."

Dopodiché, misi subito a fare il caffè, cercando di non soffermarmi troppo sul fatto che sapessi benissimo quanto amava i panini con le uova. Li aveva sempre chiesti a mia madre ogni volta che aveva passato la notte da noi. Così, dopo essermi occupata del caffè, presi il pane e ruppi le uova in una scodella, per poi versarle in un padellino. In ben nove minuti, era tutto pronto.

Dopo avergli passato il caffè, con una spatola feci scivolare il panino su un piatto, che poi gli porsi. "Oh, aspetta... Manca la salsa piccante," dissi. Mi voltai e presi la sua preferita dal mobile. Al che, sollevai la fetta superiore di pane e versai qualche goccia sulle uova.

Nate bevve un sorso di caffè e poi sospirò, soddisfatto. "È perfetto."

Versai una tazza anche per me e spostai uno sgabello con il piede per avvicinarlo. Ci feci scivolare i fianchi sopra e cominciai a sorseggiare il caffè, mentre lui mangiava.

Non sapevo cosa pensare di quella situazione. La notte prima era stata... beh, *molto* più di quanto mi sarei mai potuta aspettare. Ma non era il fatto di aver perso la verginità che mi aveva colpito nel profondo. Piuttosto, quell'inaspettata intimità che si era venuta a creare. Per qualche motivo, nonostante le proteste del mio cervello, sentivo che oltre al desiderio c'era anche dell'altro.

Nate mangiava in silenzio, lanciandomi qualche occhiata di tanto in tanto. Ma si trattava di un silenzio piacevole. Non era la prima volta che facevamo colazione insieme, anzi, era capitato molte volte in passato. In confronto a me e Nate, Alex era sempre stato un dormiglione. Ai tempi, quando Nate passava la notte da noi, mia madre ci preparava la colazione e Alex ci raggiungeva strisciando i piedi molto dopo.

Quell'interazione breve e mondava mi era allo stesso tempo familiare e completamente nuova. Il fatto che gli avessi appena donato una parte di me stessa che non avevo mai dato a nessun altro uomo aveva cambiato le dinamiche del nostro rapporto. Turbata, bevvi un sorso di caffè e mi alzai in piedi, stringendo di nuovo la cintura. Ero nervosa e ne ero ben consapevole.

Per tenermi occupata, portai la padella sporca nel lavello per sciacquarla e poi mi versai dell'altro caffè. Quando mi voltai, poggiai i fianchi al bancone e strinsi la tazza con una mano, avvolgendo le dita dell'altra sul bordo del ripiano.

Nel frattempo, mi fermai ad ammirarlo. Con i capelli bagnati dalla doccia, era bello da togliere il fiato. Li portava corti, con ciuffetti che spuntavano dietro le orecchie e sulla fronte. Ero così tentata di avvicinarmi e farci scivolare dentro le dita, per perdermi ancora una volta nella sua bocca. Aveva labbra carnose e sensuali, i lineamenti marcati con sopracciglia ben definite e zigomi sporgenti. Il contrasto metteva ulteriormente in risalto le labbra.

Come spinse via il piatto e sollevò lo sguardo, il mio cuore prese a battere all'impazzata. Oh, santo cielo. Se avevo sempre evitato di avvicinarmi troppo a Nate, era per un motivo ben preciso. Il mio corpo andava letteralmente in tilt ogni volta che stavamo insieme.

Ma dopo essere stata a contatto diretto con la sua pelle, con lui intrecciato a me e *dentro* di me, le reazioni del mio corpo erano peggiorate... e tanto.

"Grazie," mi disse. "Era proprio delizioso." Sollevò

lo sguardo sull'orologio appeso sopra il piano cottura. "Adesso devo proprio arrivare. Devo arrivare un po' prima all'hangar per prepararmi per il volo."

Si alzò, fece il giro del bancone e finì l'ultimo goccio di caffè prima di lasciare la tazza e il piatto nel lavandino. Stavo ordinando al mio corpo di muoversi, ma rimase piantato lì dov'era. Il bisogno di stare accanto a Nate scavalcava qualunque briciolo di buon senso. Ma, in fondo, quando si trattava di Nate di buon senso non ne vedevo mai neanche l'ombra. Stringevo la tazza con tutte le mie forze, come se ne dipendesse la mia vita. Speravo che così, tenendo le mani occupate, sarei riuscita a resistere alla tentazione di toccarlo.

Indossava un paio di jeans sbiaditi che gli carezzavano le gambe muscolose, con una maglietta bianca sotto una camicia di flanella blu. Nonostante gli strati di vestiti, il petto muscoloso era ben visibile. L'avevo visto vestito in quel modo più volte di quante potessi contare, ma non potevo comunque fare a meno di mangiarmelo con gli occhi, sopraffatta dal disperato bisogno di toccarlo.

Era giunto l'imbarazzante momento dei saluti. Stava per andarsene e, finalmente, forse avrei recuperato un minimo di sanità mentale. Per l'ennesima volta, Nate superò di gran lunga le mie aspettative. Poggiò le mani sul bancone, accanto ai miei fianchi, e mi guardò con un luccichio negli occhi.

"Dunque."

"Dunque cosa?" replicai, provando a ignorare il battito frenetico del mio cuore per la vicinanza.

"Non mi hai cacciato di casa neanche stamattina. Sono colpito," mormorò, mentre il suo sguardo provocante e sensuale mi stava facendo eccitare di nuovo.

Sentii le guance in fiamme e le ignorai, ordinando

al mio corpo di comportarsi bene. Tuttavia, non mi diede minimamente retta, col battito del cuore che aumentò a dismisura e un senso di calore che partiva dal mio punto più sensibile per diffondersi in tutto il mio essere.

"Non vedo perché avrei dovuto cacciarti," replicai, infastidita dalla maniera in cui riusciva sempre a farmi saltare i nervi.

"E adesso?" mi chiese, proseguendo il suo discorso.

Ecco, *quella* domanda mi turbinava per la testa da quando mi ero svegliata e avevo acceso il cervello.

Non dovevo lasciarmi coinvolgere troppo, per il bene di entrambi. Ero già ben consapevole di essermi introdotta in un territorio pericoloso. Nate lo conoscevo fin troppo bene e sapevo che i rapporti seri non facevano per lui, quindi non potevo sperare in nulla di più. Ma non gli avrei permesso di vedere quanto mi sentivo vulnerabile.

"E adesso tu vai al lavoro. Ci rivedremo senz'altro quando torni."

Il suo sguardo si incupì e quel luccichio si spense presto. Ottimo. Farlo arrabbiare sarebbe stata l'opzione migliore. Ma con mio grande rammarico, non provò neanche a mettersi a discutere.

In un battito di ciglia, portò le labbra sulle mie e invase la bocca con la lingua, facendomi sussultare. Nel giro di pochi secondi, si spinse contro di me e mi palpò il sedere, per poi strofinare l'erezione sul mio ventre.

Ma tutto finì ancora prima che potessi mettere insieme un pensiero coerente. Così, fece un passo indietro e mi guardò con occhi bui. Il suo sguardo mi provocò un brivido tra le cosce e soltanto allora notai l'eccitazione che mi bagnava la pelle.

"Oh, eccome se ci rivedremo. Qui non abbiamo

mica finito," dichiarò. Al che, voltò i tacchi e si allontanò, recuperando la giacca dall'appendiabiti prima di uscire con un ultimo occhiolino.

Non appena la porta si richiuse alle sue spalle, rimasi in attesa, ascoltando i suoi passi sulle scale. Col cuore a mille, mi sentivo tutta un fuoco e non riuscivo ad accettarlo.

Quando il rombo del motore della sua auto spezzò il silenzio, corri a chiudere a chiave la porta, come per proteggermi dalle stesse reazioni del mio corpo.

Decisi dunque di fare una doccia. Sotto il getto caldo, la mia mente ritornò a tutto quello che era successo la notte prima. Avevamo fatto sesso soltanto una volta. Ma, durante la notte, si era svegliato quando mi ero mossa contro di lui, mormorando il mio nome. In un attimo, le sue mani avevano cominciato a muoversi sul mio corpo mentre scendeva tra le cosce. Mi aveva divorata di nuovo, fino a farmi esplodere, e poi si era sollevato per venire sul mio ventre.

Il pensiero mi fece arrossire, al punto che dovetti uscire dalla doccia per cercare il mio vibratore preferito e regalarmi un orgasmo violento e quasi immediato.

Ero nei guai, in guai seri.

Capitolo Quattordici

NATE

Facendo virare l'aereo, portai lo sguardo sulla catena montuosa che si estendeva di fronte a noi. L'Alaska era spettacolare in tutte le stagioni, ma l'inverno evidenziava la sua bellezza selvaggia. Le cime innevate dei monti torreggiavano in lontananza, un bianco brillante e quasi accecante contro l'azzurro del cielo. Il rombo profondo del motore rendeva impossibile intrattenere qualunque genere di conversazione durante il volo. Con le cuffie sulla testa, sentivo gli occasionali commenti dei miei passeggeri, ma altrimenti, era come se fossi completamente solo.

In realtà, comunque, io preferivo così. Non che fossi un uomo timido, tutt'altro. Ero alquanto socievole e un vero cascamorto, ma ciò che più amavo del mio lavoro era quel senso di pace che provavo durante un volo. Potermi librare su quel paesaggio mozzafiato mi rilassava. Mio padre aveva ottenuto il brevetto da pilota privato mentre lavorava come ingegnere per la costruzione dell'oleodotto che attraversava il territorio dello stato. Avevo sempre nel cuore quei voli in cui mi aveva portato da sé quando ero ancora bambino, sull'aereo di un suo amico.

Il gruppo che stavo trasportando quel giorno era diretto verso un lodge remoto per praticare sci fuoripista. Facevano parte di quella categoria di turisti che amavano il brivido dell'avventura. Tendevano a prendersi più sul serio di quanto non facessero gli abitanti dell'Alaska. Chi viveva lì, era abituato a vivere nel bel mezzo della natura più selvaggia, fatta eccezione delle aree urbane come Anchorage, Fairbanks e Juneau. Ma perfino lì, era comune trovare alci che passeggiavano per le strade e la natura non era mai troppo distante.

Non sentivo il bisogno di rifugiarmi nel bel mezzo del nulla per fare sci fuoripista, ma gli avventurieri come loro sentivano l'obbligo di spuntare quella casella dalla loro lista immaginaria di cose da fare prima di morire. Non per sembrare maleducato, ma ero piuttosto certo che quelle persone non avrebbero mai potuto vivere per più di qualche giorno in un luogo tanto sperduto.

Ma non potevo certo lamentarmi. I voli come quello erano praticamente il mio pane quotidiano. La mia tabella di marcia spaziava da viaggi come quello a trasporti periodici di merci, provviste e passeggeri verso l'ampia gamma di villaggi rurali disseminati su tutto il territorio, oppure durante l'estate le saltuarie attività insieme alle squadre di hotshot. Guadagnavo di più per un weekend come quello che per la maggior parte dei lavori più comuni. La gente era disposta a pagare fior di quattrini per farsi accompagnare esattamente dove voleva andare.

A volte, tra un volo e l'altro trovavo il tempo di tornare a casa. In quel caso, però, ci trovavamo talmente distanti che mi toccava alloggiare al resort, finché non avrei dovuto riportare il gruppo alla civiltà.

Quel giorno faticavo a trovare la solita pace che mi regalava il volo. Holly era ben ancorata nei miei pensieri e non sembrava volerne uscire. Quella notte con lei era stata... non avevo neanche le parole per descriverla. La fantasia era una cosa, ma poi c'era quella realtà che l'aveva superata e sovrastata. Dai nostri precedenti incontri avevo già capito che quella chimica che ardeva tra di noi si avvicinava alle fiamme degli inferi. Eppure, poter sentire la sua pelle contro la mia mentre la penetravo... beh, sapevo che per me il sesso non sarebbe mai più stato uguale con nessuna altra donna. *Nessuna.*

Scossi via quei pensieri quando scorsi un riflesso luminoso in lontananza. Laggiù si estendeva una valle, con un lago nel mezzo e la nostra destinazione finale, ovvero il rifugio sciistico. Il termine, probabilmente, non era il più appropriato. Non c'era alcuna seggiovia che trasportava gli sciatori in cima alle piste. L'edificio era l'unica forma di civiltà presente, immerso in una distesa infinita di foresta. Si trattava di un resort di lusso dotato di tutti i comfort, con qualche pista da sci e poi chilometri e chilometri di neve e montagne a disposizione degli sciatori più estremi.

Avrei effettuati l'atterraggio sul lago ghiacciato. Veniva utilizzato come pista sia durante i mesi estivi che quelli invernali. D'estate usavo l'idrovolante per planare sull'acqua, mentre d'inverno potevo approfittare della superficie ghiacciata. Informai il controllo aereo e poi spostai il microfono dalla bocca per avvertire il gruppo che saremmo atterrati nel giro di pochi minuti.

Stavo pilotando l'aereo più grande della flotta, a ben otto posti. In quel momento era pieno, con tre coppie e una loro amica. La donna in questione ci aveva già provato con me e, in altre circostanze, sarei stato volentieri al suo gioco. Era davvero molto bella e simpatica. Ma quel bacio con Holly all'evento di beneficienza mi aveva come stregato e non ero più l'uomo di un tempo.

Pochi minuti dopo cominciai l'atterraggio, mentre la neve turbinava attorno all'aereo. Quel giorno avevamo trovato un tempo splendido. Le giornate serene portavano spesso il vento, ma nonostante il cielo limpido non si era alzato un alito. Il che era un vero miracolo, per essere in Alaska in pieno inverno. Appena toccato terra, o meglio il lago ghiacciato, aiutai i passeggeri a scendere e poi spostai l'aereo nel parcheggio. Il gruppo, nel frattempo, cominciò il viaggio tra la neve per raggiungere il resort.

Il mio amico Dave mi salutò dall'ingresso. Portando le mani ai lati della bocca, urlai, "Arrivo subito. Blocco qui l'aereo e ci sono."

Dave e Nancy, sua moglie, gestivano il resort e lo mantenevano in condizioni impeccabili durante l'inverno. L'edificio era alimentato da energia solare ed eolica, mentre avevano un sistema di riciclaggio dell'acqua. Anche se fosse arrivata l'apocalisse, o qualunque scenario distopico si potesse immaginare, probabilmente se la sarebbero cavata benissimo. Sapevano cacciare e pescare, e soprattutto arrangiarsi.

Avevano perfino un deposito sotterraneo che tenevano ben rifornito durante l'inverno per non farsi mai mancare nulla. Con l'estate, invece, avevano a loro disposizione quel lago enorme per la pesca, con selvaggina a volontà nelle zone circostanti. Dave e Nancy amavano il loro angolino di mondo e tornavano alla civiltà, come dicevano loro, soltanto un paio di volte all'anno, per fare visita ai familiari e fare acquisti. Con la televisione e il telefono satellitare, non avevano nulla di cui preoccuparsi.

Dopo aver finito con l'aereo, presi lo zaino e mi diressi all'ingresso. Normalmente, andavo matto per i weekend come quello lì, in cui potevo passare il tempo a poltrire, guardare la televisione e mangiare cibo buono. Era come prendersi una pausa dal resto del mondo.

Eppure, quella volta c'era qualcosa di diverso. Quei tre giorni mi sembravano un'infinità di tempo. Quella mattina avrei tanto voluto restare insieme a Holly. Sapevo che aveva cominciato a tormentarsi, rimuginando troppo su quello che poteva significare per me il nostro rapporto. La chimica che c'era tra di noi era innegabile. Nemmeno lei avrebbe potuto negarla, non sarebbe stata credibile. Sapevo che voleva una relazione seria, ma non sapevo cos'è che cercasse con me. Ero il migliore amico di suo fratello da tutta una vita ed ero consapevole che fino a quel momento mi avesse sempre visto solo a quel modo.

Ricacciai quei pensieri in un angolino della mente e cominciai a salire le scale che portavano all'ingresso del resort di lusso.

"Ehi, ehi!" esclamò Dave, quando mi chiusi la porta alle spalle e provai a togliere più neve possibile dagli scarponi.

"Ehi, bello," risposi. Mi piegai e slacciai le scarpe, per poi calciarle via e lasciarle su una grata posizionata sopra uno scarico, così che la neve potesse sciogliersi. L'ingresso era pieno di stivali, giacconi e attrezzatura varia.

Passai lo zaino su una spalla e raggiunsi Dave nella sala principale. Mi strinse subito in un abbraccio e, dopo una rapida pacca sulla schiena, mi lasciò andare. I miei passeggeri dovevano già essersi recati nelle proprie stanze.

"Questa volta che angolino mi hai riservato?" gli chiesi, con un sorriso.

Dave ridacchiò. "Avevo soltanto una stanza libera. È al piano di sopra, quella in fondo al corridoio. Ci sei già stato, quindi non avrai problemi a trovarla."

"Sì, ce l'ho presente. Allora stanno arrivando altri ospiti, immagino." Ne avevo appena portati soltanto sette, mentre il resort poteva accoglierne fino a venti.

"Proprio così. Tra un'oretta arriva un altro gruppo da Fairbanks."

"D'accordo, allora vado a lasciare le cose in camera. C'è anche Nancy, per caso?" gli chiesi.

"Certamente. È in cucina. Raggiungici pure quando vuoi. Mi sembra di aver capito che il tuo gruppo voglia andare a sciare nel pomeriggio, quindi a meno che non ci voglia andare pure tu..." Dave lasciò la frase in sospeso, un sopracciglio inarcato.

Scossi la testa, con una risata. "Non mi va di sciare. Sono a posto così. Mi prenderò questi giorni per rilassarmi." Con un cenno di saluto, mi voltai per allontanarmi, mentre la risata di Dave risuonava nell'aria.

Era un resort da sogno. La struttura classica in legno era divisa su due piani. Oltre il portone d'ingresso, rivolto verso il fiume, si arrivava in un foyer piastrellato con file di ganci per appendere giacche e attrezzatura, mentre una grata sottile correva lungo tutta la parete per evitare che la neve sciolta formasse pozzanghere sul pavimento.

Un alto soffitto con travi a vista portava al salone principale, in cui c'erano diverse aree salotto con divani componibili e televisori sui lati opposti della stanza, finestre che incorniciavano il panorama esterno e una zona centrale con sedie, un tavolo da gioco e tavolini sparsi qua e là. Sul retro, invece, si trovavano due grandi tavoli da pranzo, più un altro più piccolo accanto alla parete. Ciò permetteva di sedere grandi gruppi oppure di creare un'atmosfera più intima quando c'era poca gente. Una porta lì dietro conduceva alla cucina, dove Nancy si occupava da sola del cibo tranne nel caso in cui il resort fosse pieno. Poiché quel weekend erano previste venti persone, doveva aver chiamato qualcuno che la aiutasse.

Dave era cresciuto nella zona di Willow Brook, mentre Nancy era nativa di Fairbanks. Si erano conosciuti all'università e poi avevano lavorato duramente per poter comprare quell'apprezzamento di terreno e investire i soldi necessari per avviare un'attività del genere. Si facevano un sacco di soldi ospitando turisti e amanti dell'avventura. Durante l'inverno il resort era meno frequentato, ma nel periodo che andava dalla fine della primavera alla fine dell'autunno faceva il pienone.

Arrivai alla base della scalinata posizionata su un lato della sala principale e poi salii di corsa al piano di sopra, composto da un lungo corridoio che contava camere da letto su entrambi i lati. L'appartamento privato di Nancy e Dave si trovava di sotto, collegato alla cucina, ed era dotato di soggiorno privato, camera da letto e bagno. Perlomeno, in quel modo potevano avere la loro privacy.

Ormai Dave lo conoscevo da anni. Era più grande di me di un paio di anni e avevamo frequentato le superiori insieme. Di tanto in tanto, tornava a Willow Brook in visita. La camera che mi aveva indicato era la più piccola del resort. Avevano tutte un bagno privato e c'erano alcune suite per le famiglie o le coppie.

Le stanze erano spaziose e ariose, con soffitti alti, travi a vista e pareti bianche che attiravano tantissima luce. Praticamente tutte le finestre si aprivano sul panorama montano e boschivo. Per quanto la mia camera fosse la più piccola, non mancava di lusso ed era rivolta verso il lago. Dopo aver lasciato il borsone e portato gli articoli da toeletta in bagno, tolsi i vestiti pesanti e mi infilai dei jeans e una maglietta, per stare più comodo.

Tornai dunque al piano di sotto, diretto in cucina. Mentre attraversavo l'area comune vidi il mio gruppo che si stava preparando per uscire, all'ingresso. Appena entrai in cucina, Nancy sollevò lo sguardo dal tavolo da lavoro che si trovava al centro della stanza.

"Nate!" esclamò, con un ampio sorriso. I capelli castani erano raccolti in una coda, mentre gli occhi azzurri riflettevano il suo sorriso. Lasciò quello che stava facendo e si passò le mani sul grembiule, per poi fare il giro del tavolo e stringermi in un abbraccio. "Non ti vedevamo da mesi, ormai."

"È inverno," dissi con un'alzata di spalle. "Non mi capita spesso di dover salire fin qui."

"Sì, lo so. Ma potresti venire a trascorrere il weekend da noi quando ti pare," disse, ritornando alle verdure che stava tagliando.

Dave apparve dalla porta del loro appartamento. "Ed è proprio quello che sta facendo adesso. Perché dovrebbe farlo gratuitamente?" chiese con una risata, passandosi una mano tra i capelli biondo scuro. "Vuoi un caffè?" Si fermò accanto alla macchina del caffè, posta sul bancone alle spalle di Nancy, e mi lanciò un'occhiata.

"Molto volentieri."

Dave riempì due tazze e poi fece il giro del bancone, invitandomi a sedermi con lui sugli sgabelli.

Dopo un ben gradito sorso di caffè, il mio cervello mi catapultò di nuovo a quella mattina, quando Holly aveva insistito per prepararmi il caffè e la colazione. Il mio cuore diede un balzo violento e mi ritrovai a spingerla via dai miei pensieri. Non potevo *permettermi* di passare l'intero weekend a pensare a lei, ma sapevo benissimo che l'avrei fatto comunque.

"Allora, che si dice?" mi chiese Nancy, tirando fuori una busta di cipolle da sotto il tavolo.

"Si lavora tanto. Ma la vita è così, giusto?"

"Eh, già. Ti sta trattando bene, almeno?" domandò Dave.

"Oh, sì sì. Nessuna novità, comunque."

Nancy sollevò lo sguardo, con un sorrisetto furbo. "Anche questo weekend troverai il tuo amore passeggero?"

Scossi la testa. "No, non questa volta."

"Mmh. Beh, per tua informazione, quella Gina chiedeva se fossi single," aggiunse, riferendosi all'amica delle coppie che avevo trasportato.

Per poco non mi strozzai col caffè. In effetti mi era parsa interessata, ma non pensavo avrebbe provato subito ad andare al sodo. In passato la cosa mi avrebbe intrigato, ma non più. Mi strinsi nelle spalle. "Sono qui solo per rilassarmi, Nancy."

Dave bevve un sorso di caffè, alzando gli occhi al cielo. "Beh, l'hai già fatto anche altre volte, ma di certo non quando c'era una donna interessata. Sei ancora il re delle conquiste?"

Dato che loro due si erano messi insieme all'università e oramai stavano insieme da almeno cinque anni, non si facevano problemi a prendermi in giro per il mio stile di vita più libertino. Di solito l'avrei presa sul ridere, ma in quel caso le sue parole bruciarono in profondità. Perché, in fondo, era precisamente quella percezione che tutti avevano sul mio conto a convincere Holly che non poteva fidarsi di uno come me.

Per l'ennesima volta, avrei voluto prendermi a calci nel culo per essere sparito dalla circolazione dopo quel bacio che ci eravamo dati l'anno prima, alla festa. In tutta onestà, mi ero fatto prendere dal panico. Non avevo mai preso in considerazione che tra di noi potesse esserci qualcosa, quindi il fatto che avesse ricambiato la mia stessa passione mi aveva lasciato di stucco. Nonostante la desiderassi da impazzire, mi aveva sempre messo categoricamente nella *friendzone*, dalla quale non pensavo sarei mai uscito.

A essere sinceri, mi aveva colto totalmente impreparato. Ma quello non l'avrei condiviso con Nancy e Dave, non in quel momento. Era ancora troppo presto. E così, mi strinsi nelle spalle e cambiai argomento.

Capitolo Quindici

HOLLY

"Che cosa vorrebbe dire, scusa?" esclamò Ella. "È stato Nate a comprare quell'appuntamento da cinquemila dollari?"

Con le guance in fiamme, bevvi un sorso di vino. Non avevo via di scampo.

"Ma come, non gliel'avevi detto?" chiese Megan, l'aria sconvolta.

Era a cena con Ella e Megan, ad Anchorage. Quando Ella mi aveva invitata ad andare in città per fare shopping, non mi ero lasciata sfuggire l'occasione. Avevo bisogno di distrarre la mente da Nate, che ormai ci aveva messo le radici.

Con una risata, Megan scosse la testa. "Non capisco perché tenertelo per te. Così lo fai sembrare chissà quale gran segreto."

Ella, invece, socchiuse i suoi occhi verdi e spostò i capelli castani dietro le orecchie. Un attimo dopo, inarcò un sopracciglio e inclinò la testa di lato perché mi spiegassi, prima di bere un sorso di martini.

"E va bene," dissi infine. "Avrei preferito non

parlarne però... sì, l'ha fatto. E si è giustificato dicendo che voleva salvarmi dagli altri offerenti."

Megan scolò l'ultimo goccio di martini e spostò lo sguardo su me ed Ella. "Certo, lui avrò anche detto così, ma è più che ovvio che provi qualcosa per te."

Ella scoppiò a ridere e batté la mano sul tavolo, attirando l'attenzione di altri commensali. Ci trovavamo al Susitna Burgers & Brew, uno dei nostri locali preferiti della città.

"Sul serio? C'è davvero bisogno di attirare l'attenzione di tutti i presenti?" le chiesi, sospirando pesantemente.

Ella scrollò le spalle e ricominciò a ridere. Poco dopo, finalmente, riuscì a controllarsi. "No, ma è troppo divertente. L'anno scorso ho detto a Caleb che secondo me Nate aveva una cotta per te e lui mi ha dato ragione," disse, piegandosi in avanti. "Anzi, Caleb ha detto che gli piacevi *senz'altro* anche alle superiori."

L'allegria le lasciò gli occhi. Non era facile rivangare gli anni delle superiori. L'incidente aveva lasciato nei nostri cuori molti brutti ricordi.

Ma la sua affermazione mi aveva scioccata. Ai tempi, nessuno mi aveva mai fatto notare che Nate fosse anche minimamente attratto da me. In realtà, comunque, ancora non avevo sviluppato alcun interesse nei suoi confronti. Era il migliore amico di Alex che, in quegli anni, non faceva altro che tormentarmi. Nate solitamente non gli dava corda, ma li avevo sempre messi sullo stesso piano. E poi, la tragedia ci aveva portato via Jake e, per un soffio, quasi anche Ella.

"Sul serio?" dissi infine.

"Dei tempi delle superiori io non ne so nulla," intervenne Megan, "ma durante l'evento l'ho visto come ti guardava. Però bisogna proprio ammettere che eri una bomba sexy."

"Beh, certo, perché mi hai fatto indossare il costume più succinto della *storia*."

"C'è qualche foto, per caso?" chiese Ella, facendo l'occhiolino a Megan.

"Ma certo. Ne vuoi una?" rispose lei.

"Cristo santo, piantatela," mormorai, tuttavia sollevata che la conversazione si fosse spostata dagli anni delle superiori. Era un argomento ancora troppo delicato. Nonostante fossero passati anni, gli echi di quel dolore non erano mai scomparsi. "Ho accettato per una buona causa e lo farei ancora."

"Tornando al punto principale... Alla fine ci siete mai andati a quell'appuntamento?" domandò Ella.

"Già, ha pagato ben cinquemila dollari," aggiunse Megan, gli occhi strabuzzati. "È stato un record."

Alzai gli occhi al cielo e rivolsi un sorriso a Ella. "Sicuramente si è ritrovato a offrire così tanto per superare gli altri offerenti. Non credo proprio che sia partito da quella cifra."

"Sarà, ma se l'ha fatto significa che era disposto a pagare così tanto per te," replicò, alzando di nuovo gli occhi al cielo.

Sicuramente Ella doveva esserci rimasta piuttosto male perché gliel'avevo tenuto nascosto, ma ero pure ben consapevole di avere un segreto ancora più grosso. Ma in fondo, anche se non le avevo parlato di quell'appuntamento, non avrei avuto molto da dirle perché ancora eravamo usciti insieme.

Non le avevo mai confessato di essere ancora vergine a quell'età. Semplicemente, non si era mai presentata l'occasione giusta. C'era sempre stato qualcosa di più importante di cui discutere. Inoltre, dopo l'incidente che aveva sconvolto le nostre vite, Ella si era trasferita da un'altra parte ed era tornata soltanto dopo diversi anni.

E, alla fine dei conti, me ne vergognavo. Ma comunque, quella verginità se l'era presa Nate e avrei voluto tenermi dentro anche quel segreto. Non mi sentivo pronta a parlarne, però in realtà avevo bisogno di qualche consiglio.

Dato che avremmo soggiornato in un albergo a due passi dal ristorante, chiamai la cameriera e chiesi un altro giro di martini. Con un tempismo a dir poco perfetto, un'amica di Megan si fermò al tavolo a salutarla. Nel frattempo, i bicchieri erano arrivati e stavo già sorseggiando il mio per prendere coraggio.

Di nuovo sole, dissi piattamente, "D'accordo, tanto vale dirvelo. Ancora non abbiamo avuto l'appuntamento, ma abbiamo avuto una notte insieme."

Megan si bloccò col bicchiere alle labbra e qualche schizzo le colò sul mento. Ella invece si girò di scatto a guardarmi. "Una notte?"

"Sesso," risposi, senza girarci attorno.

Megan, che aveva appena bevuto un altro sorso, cominciò a tossire. Le porsi un tovagliolo, sentendo lo sguardo penetrante di Ella addosso. "Oddio," mormorò.

"Perché l'hai detto in quel modo?" le chiesi, in tono più scorbutico del previsto. Però, in quel momento, mi sentivo insicura e sulla difensiva. Probabilmente Ella era semplicemente preoccupata che Nate mi avrebbe trattata come trattava tutte le donne, ovvero sfruttata finché non se ne stancava. Non volevo farlo passare per uno stronzo, perché non lo era. Preferiva divertirsi e avvicinava donne con cui condivideva quello stesso spirito.

Ero ben consapevole del polverone che avrebbe

sollevato la notizia nella nostra piccola cerchia di amici.

Ella bevve un sorso e poi sospirò profondamente. "Certo, Caleb è convinto che provi qualcosa per te da anni, ma ciò non toglie la sua fobia delle relazioni serie. Non voglio che ti spezzi il cuore. Sei la mia migliore amica."

"Lo sapevo benissimo anche io, quando ho deciso di concedermi a lui," replicai, abbandonando l'intenzione di chiederle cosa fare con tutti quei sentimenti che mi ribollivano dentro. Perché i sentimenti c'erano... e non potevo più negarlo. Dopo quel nostro ultimo incontro, non ero più riuscita a togliermi Nate dalla testa. Le sue parole di commiato mi risuonavano ancora nelle orecchie.

"Qui non abbiamo mica finito."

Lo sguardo di Megan si fece più serio. "Sai, io Nate non lo conosco molto bene. Di certo non quanto voi," disse, spostando lo sguardo su entrambe prima di riportarlo su di me. "L'ho capito subito che provava qualcosa per te, ma non mi sembrava nulla di passeggero. Mi è sembrato che gli piacessi davvero."

Sollevai una spalla, con indifferenza, e cercai di mantenere un tono neutro. "Non lo so cosa prova davvero. Non posso negare che tra di noi c'è chimica. Ma so badare a me stessa. Non mi sono fatta alcuna aspettativa."

La mia mente aveva cominciato a scalciare e gridare, mentre il cuore batteva all'impazzata, come per smentire ciò che avevo appena detto. Con Nate volevo di più, molto di più, e dovevo stare attenta a non lanciare segnali ambigui. "Comunque, non so che dirvi. Mi toccherà vedere come va. Tu non preoccuparti," aggiunsi, lanciando un'occhiata a Ella. "Sono una ragazza grande. La sua reputazione la conosco molto bene. È stata una notte sola, non ho intenzione di leggere troppo tra le righe."

Ella aprì la bocca, come per dire qualcosa, ma la richiuse e strinse con forza le labbra. Dopo una lunga pausa, parve averci ripensato. "Pensavo che cercassi una relazione seria."

"Beh, arriverà quando arriverà. Non tutti sono fortunati quanto te e Caleb."

Un lampo le attraversò gli occhi. Sapevo che non si era ancora perdonata di aver vissuto tutti quegli anni lontana da Willow Brook, rischiando quasi di gettare al vento l'occasione di stare con l'amore della sua vita. Alla fine, annuì e bevve dell'altro martini. Sicuramente aveva qualcos'altro da aggiungere, ma decise di non dire nulla. Non avevo alcuna intenzione di confessare che era da ormai un anno che fantasticavo su Nate. Dopo quel bacio, avevo fatto il possibile per non ritrovarmi di nuovo da sola con lui, troppo terrorizzata di finire con l'innamorarmi. Dovevo ricordare a me stessa che avrei potuto averlo al mio fianco soltanto come amico con benefici.

Megan incrociò il mio sguardo e lessi una certa angoscia nei suoi occhi. Non mi piaceva vedere le mie amiche tanto preoccupate per me. Dopo tutto quello che avevo passato, mi ero costretta a diventare più forte e indipendente. Non sarei crollata soltanto perché desideravo ardentemente un qualcosa da un uomo che molto probabilmente non me l'avrebbe mai dato. L'avevo scelto proprio bene, complimenti.

Megan sviò abilmente argomento. Dopo un altro giro di drink, io ed Ella tornammo in hotel, mentre Megan invece fermò un taxi per andare a casa. Arrivate nella nostra camera ci infilammo i pigiami, ovvero dei pantaloni da casa e delle magliette comode, poi ci buttammo sul divano a guardare la televisione.

La voce di Ella mi fece sobbalzare. "Ti piace proprio tanto, eh?"

Mi conosceva talmente bene che non avrebbe avuto senso provare a mentirle. Avevo abbassato la guardia e sentivo l'alcool nelle vene. Feci roteare la testa sullo schienale del divano, voltandomi verso di lei. "Forse, ma me la caverò comunque. Sono io quella che si preoccupa sempre, non provare a rubarmi il lavoro."

E quello era il mio lavoro da anni, ormai, nella nostra amicizia. L'incidente aveva colpito entrambe nel profondo, ma Ella aveva sofferto molto perché alla guida c'era lei. Nonostante la colpa fosse interamente dell'altro autista, ubriaco, che ci era venuto contro, la sindrome del sopravvissuto aveva pesato molto sulle sue spalle, molto più che sulle mie o quelle di Caleb.

Mi rivolse un sorriso dolce e la sua risata riecheggiò nella stanza. "Sarà, ma mi preoccupo comunque," disse, poi continuò con voce più decisa. "E se Nate si azzarda a farti del male, gli sfascio la faccia."

Capitolo Sedici

NATE

Era domenica sera e, finalmente, il mattino seguente sarei ripartito col mio gruppo. Il tempo era buono, quindi contavo di mettermi in volo prima dell'alba. Lì a nord, il sole sorgeva un poco più tardi. In base alle mie stime, confermate anche da Dave, saremmo decollati prima delle nove. Avrei lasciato il gruppo ad Anchorage, per poi tornare da solo a Willow Brook. I turisti avevano dedicato tutto il weekend allo sci, riapparendo al resort soltanto la sera.

Ero seduto di fronte al camino insieme a Dave e Nancy, su alcune poltrone della sala comune. La televisione ronzava in sottofondo, mentre noi due uomini stavamo terminando una partita di ramino.

A un certo punto, il portone d'ingresso si aprì e le voci del gruppo filtrarono nella stanza. Dopo aver appeso i giacconi e ripulito l'attrezzatura dalla neve, salirono alle loro stanze per una doccia. Al loro ritorno, ci godemmo una piacevole cenetta a base di pizza, tutto preparato da Nancy.

Dopo mangiato, ci fermammo a bere qualcosa davanti al fuoco. Oltre alla ragazza single del mio gruppo, c'era un'altra civettuola tra i turisti arrivati da Fairbanks. Ma nemmeno lei mi faceva alcun effetto. Anzi, quel loro modo di fare mi dava un certo fastidio. Fino a quel momento non mi era mai dispiaciuto, ma era piuttosto comune trovare ragazze che si spingevano fino in Alaska alla ricerca di un uomo robusto e vigoroso. Era uno stereotipo che l'Alaska stessa amava alimentare. E così, erano nati reality show, calendari e persino una stupidissima rivista sul tema.

Poiché mi ero sempre accontentato di storie passeggere, quello stereotipo mi aveva sempre fatto comodo. Per la prima volta in vita mia, però, tutte quelle attenzioni le trovavo scomode. Volevo che mi lasciassero in pace. Dopo aver rifiutato le avances di una delle due, si girò facendomi l'occhiolino.

La risata di Dave mi giunse all'orecchio e mi voltai a guardarlo. "Che c'è?" gli chiesi.

Nancy si allungò a prendere la birra dal tavolino, scuotendo la testa. "Ti sei sempre circondato di donne, ma questa volta le respingi infastidito. Stai frequentando qualcuno, per caso?"

Non sapevo proprio che diamine dire. Mi piaceva andare a trovare Dave e Nancy. Erano amici di vecchia data e davvero delle brave persone. Inoltre, avevo sempre apprezzato molto la loro discrezione. Ma in quei giorni erano stati più invasivi del solito.

Era impossibile non notare la serenità che si era instaurata tra di loro e l'impegno e l'amore profondi che li legavano. Oramai stavano insieme da oltre dieci anni, ma ciò che avevano costruito era rimasto forte. C'era soltanto una donna con cui avrei voluto condividere quel genere di serenità: Holly. Mai mi sarei immaginato che sarebbe riuscita a prendere al lazzo il mio cuore e stringerlo con tutta quella forza in così poco tempo.

Quando Nancy si schiarì la gola, mi strinsi nelle spalle. "Non esattamente, ma queste cose dopo un po' cominciano a stancare."

Holly la conoscevano entrambi, ma non mi pareva il momento giusto per tirare fuori un argomento tanto delicato. Soprattutto perché ancora non sapevo neanche cosa ci fosse davvero tra di noi. Una delle cose che avevo sempre amato di Holly era la sua personalità sfacciata e focosa. Non si tirava mai indietro di fronte a nulla ed era incredibilmente indipendente. Erano proprio quelle qualità che tanto ammiravo a darmi da pensare. Mi trovavo come in un limbo, nel quale lei poteva scegliere di vedermi solo come uomo o solo come amico.

Dave ridacchiò. "Beh, accidenti. Mi sa che tra poco ti vediamo davanti all'altare, eh?"

Oh, ma porca troia. Era proprio bello essere ancora in contatto con i miei amici d'infanzia perché erano quelle persone su cui sapevo di poter contare sempre e comunque. Però, detto ciò, la parte peggiore era che riuscivano sempre a leggermi come un libro aperto. Con un'altra scrollata di spalle, risposi, "Forse, chissà."

Nancy gettò indietro la testa con una risata e poi mi diede un colpetto al ginocchio con il piede. "Beh, io l'ho sempre detto che saresti un marito perfetto. Non per me, sia chiaro. Lo trovavo un vero spreco."

"Uno spreco?"

"Sì, stavi sprecando il tuo tempo con tutte quelle donne. Io la penso così. Sei un brav'uomo," mi spiegò.

In quel momento, si avvicinarono due coppie e la conversazione si spostò su altri argomenti. Per fortuna.

Quella notte, sdraiato sul mio letto, con la finestra che si apriva di fronte al cielo stellato, non riuscivo a pensare ad altro che Holly.

Nella mia vita avevo fatto tanto sesso. Eppure,

tutta quell'esperienza non era stata sufficiente a prepararmi a quella singola notte con lei. Di prime volte ce n'erano state più di una, non solo per lei. Negli anni, Holly era stata la protagonista di moltissime mie fantasie. Poterle finalmente realizzare aveva sconvolto tutto quanto il mio mondo. Era stata la prima volta che avevo percepito un'intimità tanto forte, che ci aveva avvolti come una rete scintillante, i fili di seta sempre più stretti attorno ai nostri cuori. Mi ero trovato assolutamente impreparato.

L'altra prima volta, ovvero quella che continuava a tenermi sveglio la notte, era il fatto che non riuscivo più a togliermi Holly dalla testa. La sensazione del suo canale vellutato stretto attorno al mio membro, il suono della sua voce roca, i suoi gemiti strozzati, la sua pelle umida che sbatteva contro la mia e le curve vertiginose premute ai miei muscoli... Tutto l'insieme, riassunto nella notte più passionale della mia vita.

Avevo totalmente sottovalutato ciò che avrei provato a farla *davvero* mia. Avevo anche valutato male le potenziali complicazioni di merda se tra di noi non avesse funzionato.

Mi aveva sconfitto, distrutto totalmente per qualunque altra donna.

Quella notte, da solo in un letto in un angolino remoto dell'Alaska, avvolto soltanto dall'oscurità, le stelle, i monti e l'aria gelida invernale, ce l'avevo talmente duro da far male soltanto al ricordo di quella volta con lei.

Calciai via le coperte ed entrai in bagno. Una doccia fredda e la mia mano mi diedero sollievo, senza però soddisfare quel bisogno disperato. Ne avevano a malapena scalfito la superficie.

———

Il pomeriggio seguente, il sole aveva cominciato la sua discesa verso l'orizzonte quando decollai da Anchorage, diretto a ovest verso Willow Brook. Nonostante fossi pronto ad andarmene da ore, dopo l'atterraggio ero stato trattenuto. Il viaggio di ritorno fu alquanto turbolento. Dopo venti minuti, raggiunsi la valle che si apriva tra le montagne e l'oceano, dove dall'alto distinguevo benissimo il lago di Swan che luccicava sotto i raggi dorati e arancioni del sole.

Atterrai nel giro di qualche minuto su una piccola pista che si trovava ai confini della cittadina, dove lasciai l'aereo nell'hangar. Il tonfo della porta che si apriva rimbombò nello spazio cavernoso. "Nate," chiamò la voce di Caleb.

Mi passai lo zaino sulla spalla e feci il giro dell'aereo. "Ehi, bello, che si dice?" gli chiesi, mentre si avvicinava.

Io e mio fratello avevamo gli stessi colori. I suoi capelli castani erano tutti arruffati, probabilmente dopo una giornata passata a spegnere un incendio da qualche parte o magari gli era toccato soccorrere qualcuno. Caleb era l'incarnazione stessa di uno stereotipo, il pompiere hotshot che non aveva paura di nulla. Mi divertivo a prenderlo per il culo, ma non l'avrei scambiato per nessun altro al mondo.

Caleb si fermò accanto all'aereo e lasciai lo zaino sul pavimento, per poi poggiare i fianchi contro la porta della cabina. "Nulla di che. Ho giusto visto il tuo pick-up qui fuori e volevo chiederti se ti andasse di bere qualcosa al Wildlands con i ragazzi."

In un'altra occasione, avrei accettato all'istante. Ero molto teso e mi avrebbe fatto bene uscire a divertirmi con gli amici. Allo stesso tempo, sentivo il bisogno disperato di rivedere Holly e mi sarei fiondato molto volentieri da lei. Però, stavo morendo di fame. Mi trovavo di fronte a un dilemma. Ma in fondo, uno dei due bisogni soverchiava l'altro. Dovevo vedere Holly, il prima possibile. Avevo più bisogno di lei che dell'aria, dell'acqua o del cibo. Incrociai lo sguardo di Caleb e scossi la testa. "Voglio andare a casa a farmi una doccia. Sono distrutto."

Gli stavo mentendo spudoratamente. La doccia l'avevo fatta quella mattina. Certo, stanco lo ero veramente, ma le forze per rintracciare Holly e farla mia il prima possibile ce le avevo eccome.

Se Caleb sospettò qualcosa, lasciò correre e si strinse nelle spalle. "Come vuoi."

Mi spinsi via dall'aero e raccolsi di nuovo lo zaino. Ci incamminammo verso la porta in silenzio. Percepivo che voleva dirmi qualcosa, ma non avevo idea di cosa. Dopo aver chiuso a chiave, raggiungemmo i pick-up. Mio fratello si fermò accanto al sedile del passeggero del mio, mentre io avevo aperto la portiera per lanciarci dentro lo zaino.

"Ti informo che Ella ti sfascia la faccia — parole sue, non mie — se ti azzardi a fare del male a Holly," mi disse piattamente.

Oh, merda. Poteva significare una cosa sola: Holly le aveva parlato di noi.

Mi voltai, chiudendo la portiera, e poggiai la mano sul cofano. "Mi sfascia la faccia?" replicai.

Caleb trattenne una risata e annuì. Non aggiunse nient'altro, probabilmente per vedere cos'avrei detto.

"Senti, non so che informazioni abbia Ella..." Mi bloccai quando Caleb sfoderò un sorriso enorme.

"Beh, sa che hai fatto sesso con Holly perché mi ha fatto una testa tanta. Giuro, avrei volentieri evitato una strigliata sulla vita sessuale di mio fratello."

"Ma porca troia," mormorai, passandomi una mano tra i capelli.

"Senti, a me i dettagli non interessano. Però conosci Ella. È molto protettiva e non vuole che Holly soffra. E poi crede che voglia una storia seria, quindi non è sicura che tu sia la persona giusta. Ripeto, non sono affari miei, però non ha tutti i torti. Sappiamo tutti che non ti interessa avere quel qualcosa in più. Non l'hai mai voluto."

Ressi il suo sguardo e sospirai. "Lo so. Ma con Holly è diverso. Per me è speciale. Però non so se mi crederà mai."

Quella discussione aveva dell'assurdo. Non perché io e mio fratello non avessimo mai avuto conversazioni serie. Eravamo sempre stati molto legati. Inoltre, dopo l'incidente alle superiori, avevamo imparato a mettere da parte l'ansia di affrontare gli argomenti più pesanti. Così, insieme, eravamo riusciti a raggiungere la fine del tunnel.

La realtà era che, durante gli anni delle superiori, non avevo parlato a nessuno della cotta che mi ero preso per Holly. Quello stesso incidente che ci aveva spinti ad aprirci di più su quei temi tosti aveva allo stesso tempo messo in secondo piano tantissime altre cose.

Dato che da quel momento in poi avevo cominciato quella mia vita un po' libertina, non avevo più avuto l'occasione di parlare con Caleb di amore. Quando incrociai i suoi occhi, vi lessi dentro un misto di comprensione e diletto.

"Forza, ridi pure," dissi, agitando la mano per aria e voltandomi per poggiare i fianchi all'auto.

Caleb ridacchiò. "E Holly lo sa?"

"Che cosa?"

"Che con lei vuoi di più?"

Portai lo sguardo verso il cielo e feci un bel respiro

profondo, prima di riportare gli occhi nei suoi. "Non credo."

Caleb scosse la testa. "Beh, allora è un bel problema. Per non parlare della reazione di Alex. Un po' mi preoccupa."

Sbuffai. "Anche a me."

"Holly è la sorella del tuo migliore amico. La tua reputazione ti precede e lo sai benissimo. Forse è meglio che ne parli anche con lui, prima che si faccia l'idea sbagliata."

"Hai ragione, ha perfettamente senso. Ma non posso farlo senza prima assicurarmi che per Holly non sia un problema. Rischio una bella lavata di capo, se vado a parlargli senza il suo permesso. Però, in effetti, lei non si è fatta problemi a spettegolare con le sue amiche," mormorai.

Caleb ridacchiò. "Si è semplicemente confidata nella sua migliore amica, non stava spettegolando. Io lascerei correre. Lo sai che Ella non ne farà parola con nessuno. Ne ha parlato con me solo perché siamo sposati. Beh, e forse pensava che almeno io sarei riuscito a metterti in riga. Dovrò dirle che non ha nulla di cui preoccuparsi."

Lo guardai, stringendomi nelle spalle. "No, affatto."

Rimase in silenzio per un po', studiandomi con lo sguardo. Dopo qualche secondo, si fece un'altra risata. "Allora ci si vede in giro, dai. Mamma e papà volevano organizzare una cena questo fine settimana, tu ci sei?" mi chiese, voltandosi verso il suo pick-up.

"Certo. Allora ci si becca lì, se non prima."

Capitolo Diciassette

NATE

Svoltai sulla Main Street, nel centro di Willow Brook. Magari avevo perso completamente la ragione, ma dovevo vedere Holly. Subito.

Quando parcheggiai dietro il palazzo e spensi il motore, rimasi seduto in silenzio per un momento. Un desiderio irrefrenabile mi turbinava dentro, con il bisogno di vederla e di perdermi in lei che mi animava.

Non avevo idea di cosa aspettarmi da lei o se avesse interesse a rivedermi. Scesi dall'auto e lo schiaffo dell'aria invernale sulla pelle mi diede un certo sollievo, mentre il freddo tagliente si insinuava nei miei sensi e li lasciava vulnerabili.

Bussai alla porta della cucina e rimasi in attesa. Immaginavo si trovasse in casa, dato che c'era la macchina fuori, ma poteva benissimo essere andata a piedi al Wildlands o al Firehouse. Conoscendola da una vita, sapevo anche quali posti amasse frequentare.

Passò dell'altro tempo e cominciai davvero a temere che non fosse in casa. Un profondo senso di disappunto mi percosse da cima a fondo.

Quando però sentii i suoi passi oltre la porta, mi

accorsi che stavo trattenendo il fiato e tirai un sospiro di sollievo. Un attimo dopo, il suo occhio apparve oltre lo spioncino. Non amava le visite inaspettate e lo sapevo molto bene, quindi mi chiesi se mi avrebbe semplicemente ignorato. Quando aprì la porta, divenne chiaro che non mi stava aspettando. Indossava una maglietta lunga che si fermava a metà coscia, con delle calze pesanti di lana, una rosa e l'altra azzurra. Trattenni una risata al ricordo di lei da bambina, sempre con le calze spaiate. Era proprio da *lei* non dare il minimo peso a dettagli tanto insignificanti.

Mentre mi guardava con le guance arrossate e gli occhi stralunati, dovetti reggermi a tutto il mio auto-controllo per non baciarla lì sul momento.

"Ehi," cominciai, dopo un momento di silenzio teso.

Holly mi fissava e tirò fuori la lingua per farla sfrecciare sul labbro inferiore. Il gesto andò dritto all'erezione che si stava già gonfiando nei pantaloni. Preferivo non soffermarmi a riflettere sul fatto che, durante il viaggio verso casa sua, era bastata l'idea che l'avrei presto rivista a farmelo venire duro. Riusciva a trasformarmi in un ragazzino che non sapeva controllarsi. E con lei, non ci riuscivo mai. I miei occhi avidi scivolarono lungo il suo corpo delizioso. I capezzoli turgidi erano visibili sotto il cotone sottile della maglietta.

Tutte le altre curve erano nascoste, ma il mio cervello riusciva perfettamente a immaginarsele. Le conoscevo a memoria, dopo averle percorse diligentemente con le mani, e sapevo che aveva anche la pelle disseminata di lentiggini, qua e là.

Quell'ultimo dettaglio l'avevo scoperto giusto qualche notte prima. Avevo sempre visto soltanto quelle che le puntellavano il naso e le guance, ma non avevo idea che avesse anche quella mappa di costellazioni pronta a essere esplorata. Perché sentivo il bisogno viscerale di conoscere ogni centimetro di lei.

"Ciao," disse lei, un po' in ritardo. "Che ci fai qui?"

Domanda più che legittima. La risposta venne fuori prima che potessi rifletterci. "Sono appena tornato. Volevo vederti." Una folata di vento freddo soffiò fuori dalla sua cucina, infilandosi in casa. La vidi tremare. "Posso entrare?"

"Oh, certo." Fece un passo indietro e aprì la porta per farmi passare. Il suo profumo mi invase le narici, dolce e pungente proprio come lei.

Chiuse la porta e si voltò, senza muoversi da lì. Incrociando le braccia sul petto, mi chiese, "Com'è andato il viaggio?"

"Tutto bene."

Parole, emozioni e desiderio si spintonavano nel mio cervello per riuscire a farsi spazio. Il desiderio vinse su tutto. Non avevo tempo per i convenevoli.

L'aria attorno a noi si caricò di elettricità. Holly sarà stata a neanche trenta centimetri da me e il bisogno di toccarla stava diventando travolgente. Il buon senso provò a farsi sentire, ma venne spazzato via dalla corrente di desiderio puro. Allungai la mano e ne presi una delle sue.

Se avesse esitato, anche solo un poco, di sicuro mi sarei fermato. Ma non lo fece. Lasciò andare le braccia e avvolse le dita attorno alle mie, quindi mi avvicinai. Potevo vedere il battito frenetico del suo cuore sotto la pelle delicata del collo.

Con un altro passo, la lasciai andare e le spostai i capelli dal viso, facendo scivolare le dita tra le ciocche setose e giù lungo alla schiena, fino a palpare la curva morbida del sedere. Holly si premette contro di me, il respiro che sibilava tra i denti con un sussulto.

"Che stai facendo, Nate?"

"Mi sei mancata," mormorai, posando baci delicati sulla sua guancia. Salii lentamente e le mordicchiai l'orecchio, godendomi il lieve brivido che la travolse e la sensazione della pelle d'oca sotto le labbra.

Sussultò ancora quando passai i denti sul collo, tanto delicato. Riuscivo quasi a sentire il vortice di pensieri che le turbinava nella testa. E poi, percepii quando spense il cervello. Feci scivolare la lingua lungo la pelle, assaporando la piacevole sensazione dei capezzoli turgidi che premevano contro il mio petto. Quando mi sollevai per catturare le sue labbra, Holly sospirò e si rilassò completamente.

Quel bacio fu come un fulmine che cadeva sull'erba secca, una scintilla che scatenò all'istante un violento incendio. Avevamo perso entrambi il controllo. Le nostre lingue danzavano selvagge, tra gemiti e grugniti. La tenevo ben premuta a me, le mani sul sedere per strofinare l'erezione contro l'apice delle cosce.

Holly aveva ormai messo radici nella mia mente. Non mi ero neanche fermato a pensare a come sarebbe stato poterla avere di nuovo. Seguendo l'istinto e le sensazioni, quello che ne veniva fuori non era altro che puro, crudo ed elementale. Holly sollecitava ogni fibra del mio essere. Il senso di sollievo che mi pervase nel vederla coinvolta quanto me fu immenso, e non fece che alimentare quelle fiamme che minacciavano di consumarci.

Mi tirò la giacca e la sfilai, gettando una mano dietro la testa per rimuovere anche la maglia. Feci un passo indietro giusto per afferrarle l'orlo della maglietta e strappargliela di dosso, per poi lanciarla sul pavimento accanto alla mia.

Abbassai lo sguardo sul suo corpo completamente

nudo. Non indossava nemmeno le mutande, soltanto i calzini che le davano un'aria accattivante.

"Cristo, Holly, te ne stavi andando in giro senza mutande?"

Sussultò quando infilai una mano tra le sue cosce, sentendo subito quanto era bagnata. Un leggero rossore le tingeva la pelle. Chinai la testa per catturare un capezzolo tra le labbra, e cominciai a leccarlo e succhiare con forza, godendo al bruciore piacevole che mi causavano le sue mani tra i capelli, mentre stringeva con forza tra un grido e l'altro.

Cominciando a stuzzicare le labbra bagnate di umori, la guardai negli occhi. "Cazzo, sei fradicia."

Affondai due dita in lei, fino alle nocche, e un suo gemito spezzò il silenzio. "Oddio, Nate."

"Dimmi una cosa," mormorai.

"Che cosa?"

Mi avvicinai, facendola indietreggiare finché con la testa non colpì la porta, al che ritrassi le dita per infilarle di nuovo in lei. "Ti sono mancato?"

Il suo sguardo resse il mio, mentre un pizzico di quella sua tenace testardaggine che tanto amavo le attraversava gli occhi strabuzzati. Quando non rispose, ritrassi di nuovo le dita e presi a stuzzicare il suo sesso. E poi, la penetrai di nuovo fino in fondo e lanciò un grido.

"Sì!" urlò, in preda al godimento.

Ormai avevo perso la ragione. Avrei voluto prendermela con più calma, ma avevo bisogno di lei, tutta quanta. Le afferrai un fianco e mi inginocchiai, poi mi passai una delle sue gambe sopra la spalla e affondai il viso tra le cosce. Il suo sapore era allo stesso tempo dolce e salato, ed era talmente bagnata che per poco non venni nei jeans. Sentivo l'erezione che premeva contro la zip, ma prima dovevo gustarla. Volevo sentirla esplodere sulla mia bocca.

Continuando a fotterla lentamente con le dita, mentre la lingua esplorava ogni centimetro di lei, la portai molto presto al limite.

"Oddio! Oddio! Non fermarti," mi ordinò.

Non appena sfiorai il clitoride coi denti, il mio nome squarciò l'aria in un grido strozzato, mentre Holly premeva il bacino contro la mia bocca e fremeva tutta. Senza aspettare un secondo di più, mi alzai in piedi e liberai l'erezione dolorante, poi la sollevai e la spinsi con la schiena contro il muro.

Con il membro in pugno, lo feci scivolare tra le labbra bagnate e mi fermai a riprendere fiato. Proprio allora, quando la vena inferiore sfiorò il clitoride gonfio, mi resi conto di non aver neanche controllato se avessi dei profilattici dietro.

"Merda," mormorai, facendo un passo indietro.

Holly strinse la presa con le gambe, per tenermi fermo. "Dove credi di andare?"

Frugai nella tasca dei jeans, rimasti appena sopra il ginocchio, sperando di averne qualcuno nel portafoglio. Quando si rese conto del problema, Holly mi rivolse un sorriso. "Sono un'infermiera. Faccio l'iniezione anticoncezionale e sono pulitissima, ovviamente."

Il mio sguardo sfrecciò nel suo. Non avevo mai fatto sesso senza preservativo. Mio padre aveva cominciato a farmi i suoi discorsetti perfino prima che finissi le scuole medie.

"Non l'ho mai fatto senza preservativo," le confessai.

Il sorriso di Holly si allargò. Poggiò di nuovo la testa contro la porta. Con i capelli arruffati che le incorniciavano il volto, gli occhi marroni oscurati dal desiderio e le labbra gonfie e rosse dai baci, era sexy da morire. Era difficilissimo resistere alla tentazione di penetrarla.

"Ma certo," commentò, con una risata roca. "Sei proprio un bravo ragazzo." Il suo sguardo si fece serio. "Scopami."

In quel preciso istante, scoprii che quando ero con Holly diventavo bravissimo a eseguire gli ordini. Con i jeans abbassati sulle cosce e lei tutta nuda tranne che per i calzini spaiati, mi posizionai all'apertura e affondai in lei.

I muscoli scivolosi e caldi si strinsero attorno a me ed era una sensazione talmente meravigliosa che dovetti rimanere perfettamente immobile e contare fino a dieci per non esplodere all'istante.

Capitolo Diciotto

HOLLY

Al suono della voce ruvida di Nate, aprii gli occhi e trovai i suoi. Con la schiena premuta contro la porta, il legno fresco si contrapponeva al calore che emanava il suo corpo. La sensazione di pienezza era incredibile e il piacere immenso che mi turbinava dentro mi aveva praticamente mandato in tilt il cervello.

Dopo una breve pausa, cominciò a muovere giusto un poco i fianchi verso i miei e una scarica di puro godimento mi attraversò. La sua visita non l'avevo prevista. Per quanto avrei preferito non doverlo ammettere, era dalla sua partenza che avevo cominciato a contare i giorni, le ore, i minuti e i secondi fino al suo ritorno. Il che era, in tutta onestà, assolutamente ridicolo.

Non credevo di essere una di quelle donne così ossessionate dal ritorno del proprio uomo. Era stato via per giusto un fine settimana. Col viaggio ad Anchorage avevo sperato di distrarmi, ma avevo fallito miseramente. Per quanto fossi riuscita a tenermi occupata, la mia mente non aveva smesso per un attimo di pensare a Nate. Neanche un misero secondo. Era rimasto piantato lì, pronto a invadere i miei pensieri alla prima occasione. In quei soli tre giorni, il mio cervello e il corpo avevano già rivissuto quella notte insieme almeno qualche centinaio di volte.

Era come se fosse rimasto scolpito nel mio corpo, impresso a fuoco nei miei sensi. Poterlo riavere di nuovo, lì in piedi contro la porta di casa, era esattamente ciò di cui avevo bisogno, se non persino di più.

Con gli occhi incollati nei miei, spostò il mio peso sulle braccia. Riusciva a reggermi con facilità, ma non era certo una sorpresa. Dal momento stesso in cui il radar del mio corpo aveva captato Nate, non ero più riuscita a ignorare il suo fisico da urlo, muscoloso e duro come una statua. In quel momento, con una mano mi reggeva un fianco e con l'altra il sedere. Col suo petto nudo che strofinava contro il seno, mi resi conto che mi sarebbe bastata quella singola sensazione a farmi venire. Nate si ritrasse quasi completamente e affondò di nuovo, spingendomi un poco più su contro il legno.

"Dunque," mormorò, lo sguardo ardente fisso nel mio, che bruciava gli ultimi residui di barriere che avevo alzato, "ecco come stanno le cose. In questi giorni non ho smesso di pensare a te. Tra di noi non ci sarà soltanto quella prima notte. Adesso..." fece una pausa e si ritrasse, per poi spingersi con forza dentro di me e strapparmi un gemito, "lo stiamo facendo di nuovo. E accadrà pure più tardi e magari anche domattina. Se non lo vuoi, dimmelo subito."

Dopo un respiro tremolante, mi riempì di nuovo con vigore e la sensazione di pienezza tanto squisita era quasi intollerabile. Era da tempo, tanto tempo, che desideravo Nate, ma non mi sarei mai immaginata niente del genere. Con ogni spinta nel mio sesso caldo, mi sfiorava appena il clitoride con l'inguine, sfregando come due pietre focaie che accendevano tutte le terminazioni nervose.

Sebbene avessi perso la verginità solo di recente, una certa esperienza me l'ero fatta comunque, pur non arrivando mai al sodo. Ma sensazioni come quelle che mi esplodevano dentro quando ero con Nate non le avevo mai provate in tutta la vita.

Quella sera, le sue dita e la bocca esperte mi avevano già portata all'apice, mentre in quel momento le sue parole e il membro duro mi stavano riportando al limite, mentre la pressione continuava ad aumentare sulle braci dell'ultimo orgasmo. Gli stringevo le gambe sui fianchi con tutte le mie forze, come se ne dipendesse la mia vita, e mi muovevo per raggiungere un'altra volta il piacere più immenso.

"Non hai risposto," mormorò, assottigliando gli occhi.

Con la mente annebbiata dal godimento, lo guardai.

"Dimmi che lo vuoi tanto quanto me." La sua voce rauca mi procurò un brivido incandescente lungo la spina dorsale, che arrivò dritto al sesso.

"Certo che sì," risposi infine, con un grido strozzato per una spinta profonda.

"Guardami," mormorò Nate, e il suo respiro caldo stuzzicò tutte le terminazioni nervose.

Aprii lentamente gli occhi e incrociai i suoi, bui e intensi. Non sapevo come decifrare ciò che vi lessi dentro.

Neanche riuscivo a ricordare un tempo in cui Nate non faceva parte della mia vita. Eppure, in quegli ultimi giorni il nostro rapporto era cambiato completamente e mi sembrava di aver raggiunto un livello di connessione del tutto nuovo. Mi sistemò di nuovo tra le sue braccia per sollevarmi, con un altro affondo. Col suo sguardo penetrante nel mio, sentivo il cuore che martellava con forza contro le costole. Ero avvolta dalla sua forza e dal suo calore. Era come se fossimo le uniche due persone su tutto il pianeta, intrappolati in una bolla di intimità, desiderio e puro piacere.

Mi si chiusero lentamente gli occhi quando si ritrasse ancora e venni travolta da scariche di piacere per la lenta frizione. "Guardami," mormorò ancora, il tono autoritario ma non dispotico.

Mi si smosse qualcosa dentro. Sentivo il bisogno di oppormi. Aprii gli occhi e incrociai i suoi. Era rimasto fermo all'apertura, che stava stuzzicando con la cappella. "E se mi rifiutassi?"

Un sorrisetto gli incurvò le labbra e le fiamme nei suoi occhi rischiarono di bruciarmi. "Non ti do quello che vuoi finché non lo fai," rispose.

Feci per rispondere, ma poi affondò con forza e le mie parole si dispersero in un gemito profondo.

"Voglio che tu veda con i tuoi occhi chi ti sta penetrando quando esplodi di nuovo. Voglio sentirti venire sul mio cazzo."

Le sue parole, tanto dirette e zozze, mi provocarono un fremito di eccitazione. Sentivo che non sarei più riuscita a distogliere lo sguardo. Era diventata una specie di scommessa con me stessa. Nate se la prese con calma. Spingendomi contro il legno freddo della porta, mi stava scopando seguendo un ritmo lento e intenso, stuzzicando il clitoride a ogni colpo.

Ogni singola volta, piccole scariche di piacere mi travolgevano. Sentendo l'orgasmo sempre più vicino, tremai tra le sue braccia e non distolsi neanche per un secondo gli occhi dai suoi. Con un'altra spinta, arrivò fino in fondo e mi spinse giù nell'abisso. Nell'estasi più totale, il piacere esplodeva nel mio corpo come tanti fuochi d'artificio.

Senza fermarsi, Nate si ritrasse e mantenne un ritmo rapido e vigoroso. Persa nel puro godimento, non distinguevo più neanche il confine tra piacere e dolore. Il suo nome scivolò dalle mie labbra in un grido strozzato e un attimo dopo il suo seme caldo mi riempì. Travolto dall'orgasmo, anche Nate gridò il mio nome, per poi abbandonarsi a un grugnito gutturale.

Ero come in un'altra dimensione e facevo fatica a tornare sulla Terra. L'unica ancora che mi teneva ben salda alla realtà era il caldo abbraccio di Nate, mentre riprendevamo fiato.

Lasciò cadere la testa nella curva del mio collo, il fiato corto che mi solleticava la pelle. Anche io faticavo a respirare, mentre cercavo di riprendermi dal momento. Non volevo muovermi. Volevo restare tra le sue forti braccia, racchiusa in quella rete di desiderio e intimità che neanche credevo esistesse, tantomeno con Nate.

Qualche momento dopo, lo sentii sollevare la testa. Un attimo dopo, gli brontolò lo stomaco. Si fece una risata e aprii gli occhi, trovando un sorriso dispiaciuto sulle sue labbra. La realtà mi colpì di colpo e feci per muovermi, ma Nate mi strinse forte. Sollevai la testa e la inclinai su un lato. "Hai intenzione di mettermi giù, per caso?"

Sentivo le guance in fiamme. La foga del momento era passata e stavo già ricominciando a fare i conti con la realtà.

"Certo, ma prima..." Si sporse in avanti e mi rubò un bacio. Prima di separarsi dalle mie labbra, però, stuzzicò la lingua con la sua. Bastò così poco a risvegliare il mio corpo.

Senza aggiungere altro, si sfilò dal mio sesso e mi lasciò andare. Tremavo tutta e il mio corpo vibrava per l'intensità di quei due orgasmi intensi. Mi sentivo come prosciugata. Oltre al piacere, però c'erano anche alcune emozioni forti che non mi sentivo ancora pronta ad affrontare.

Ringraziai il cielo che alle mie spalle ci fosse la porta a reggermi. Ci poggiai i palmi delle mani e, all'improvviso, mi sentii messa a nudo. Ed ero *nuda*, fatta eccezione delle calze.

Nate non si allontanò e rimase fermo lì, a guardarmi. Porca miseria. Aveva un'aria alquanto ridicola, con i jeans aperti a quel modo e il membro generoso in bella vista. Mi fermai a mangiarmelo con gli occhi. Se fosse stato per il mio corpo, gli avrei chiesto subito il secondo round.

Ma proprio in quel momento, il suo stomaco brontolò di nuovo e il mio buon senso trovò uno spiraglio per farsi valere. Con le gambe ancora tremolanti, mi spinsi via dalla porta. "Hai fame?"

"Mi pare ovvio," disse, con il giusto briciolo di sarcasmo da risvegliare il mio lato più insolente.

"Sei stato così scemo da presentarti qui senza neanche mangiare qualcosa?" gli chiesi, superandolo per raccogliere la maglietta dal pavimento e infilarmela.

Quando mi voltai di nuovo, aveva già abbottonato i jeans e si stava mettendo la maglia.

"Il cibo non era la mia priorità. Avevo più bisogno di vedere te che di mangiare."

Il mio buon senso ebbe breve vita. Il cuore si alzò praticamente in piedi, in una *standing ovation*. Un attimo dopo, proposi di ordinare una pizza. Era piuttosto tardi, ma nemmeno io avevo ancora mangiato.

"Ottima idea," rispose.

"Ordino subito," dissi in tutta fretta, dato che stava già sfilando il telefono dalla tasca.

Willow Brook era un paesino molto piccolo. Beh,

magari non *così* piccolo. Ma ero certa che se quell'ordine l'avesse piazzato lui, si sarebbe subito sparsa voce che era a casa mia. Alle mie parole, si fermò con il dito sopra lo schermo.

"Ma no, ci penso io." Quando mi guardò, però, parve comprendere la situazione. "Hai paura che qualcuno capisca che sono qui."

Sentivo le guance in fiamme, ma non mi importava. "Sì, proprio così. Alex è il tuo migliore amico e non sono ancora pronta a rivelargli quello che c'è tra di noi."

Nate abbassò la mano e rimise il telefono in tasca. "Ricevuto," affermò con un cenno del capo, e lo guardai perplessa.

Mi voltai per andare a prendere il telefono dalla cucina con la sua risata che risuonava nell'aria, facendomi venire la pelle d'oca. Posai un fianco contro uno sgabello e mi voltai a guardalo. "Che hai da ridere tanto?"

"Eri già sul piede di guerra, vero?"

Alzai gli occhi al cielo e gli feci la linguaccia, come probabilmente avevo già fatto almeno un centinaio di volte da quando lo conoscevo. "E anche se fosse? Ma vabbè, che pizza vuoi? Sto ordinando da Alpenglow Pizza. È la mia nuova pizzeria preferita."

"Me ne va bene una qualsiasi."

Avrei dovuto aspettarmi quella risposta, perché tanto avrebbe mangiato qualunque cosa avessi scelto. Non c'era *nulla* che quell'uomo non mangiasse.

"D'accordo, allora mezza col salame e mezza greca, perché ho voglia di entrambe."

Intanto che io parlavo al telefono, finalmente si tolse gli scarponi e raccolse il giaccone, per appenderlo accanto alla porta. Mentre aspettavo che la ragazza della pizzeria tornasse alla chiamata, Nate si mise alle mie spalle e posò le mani sui fianchi, per poi chinare la testa e tempestarmi il collo di baci.

Uno stormo di farfalle mi invase lo stomaco e il mio sesso riprese a pulsare. Oh, santo cielo. C'ero già dentro fino al collo e rischiavo di affogare.

Capitolo Diciannove

HOLLY

Era passato qualche giorno da quella sera e non avevo fatto altro che ricordare a me stessa la pura e semplice verità, con le sue contraddizioni. Non potevo innamorarmi di Nate, eppure ormai stava succedendo e non sapevo più come tornare indietro.

Probabilmente, però, dentro di me si era già smosso qualcosa un anno prima, dopo quel bacio infuso di follia, alla festa. E poi c'era stato pure quell'evento di beneficienza, anche se tra i due episodi ero riuscita a rimettermi in piedi. Ripensandoci, se ci fossimo fermati lì, probabilmente sarei riuscita a riprendermi come se tra di noi non fosse mai successo nulla.

Ma in seguito vi fu *l'incidente dell'ascensore*, come avevo cominciato a chiamarlo. Dopo quello, ormai avevo perso qualunque speranza. E ormai ci eravamo perfino spinti molto oltre.

Il secondo giorno di febbraio si prospettava una giornata fredda e limpida. Era il Giorno della marmotta. Mi ero svegliata col buio, accaldata ed eccitata dopo un sogno su Nate. Dopo la nostra seconda volta insieme, al lavoro mi erano capitati due turni notturni di fila. La mia salute mentale aveva apprezzato molto la cosa, se non altro perché mi aveva dato l'opportunità perfetta per evitarlo.

Non avevo mai dato peso ai suoi orari di lavoro. Quando mi ero svegliata con la pelle in fiamme e le mutandine bagnate, avevo subito sentito la sua mancanza. Maledizione.

Chissà se oggi lavora. Oh, mio Dio. Devi smetterla di pensare a Nate e ai suoi cazzo di orari.

Non mi ero mai preoccupata degli orari di un uomo, il che non faceva che rendere il tutto ancora più imbarazzante.

Nate gestiva una compagnia tutta sua e si spostava quando gli pareva. Sapevo che durante l'estate era sempre più impegnato, perché valeva lo stesso per qualunque pilota dell'Alaska. Nei mesi invernali, invece, lavorava a contratto per alcune compagnie aeree locali fuori da Anchorage e trasportava i turisti da una parte all'altra del territorio.

Irrequieta, calciai via le coperte e corsi sotto la doccia. Per quanto il mio corpo mi implorasse di dargli sollievo, mi rifiutavo di cedere e darmi piacere pensando a Nate, che oramai mi aveva invaso la mente.

Anche se, onestamente, in quell'ultimo anno l'avevo già fatto qualche centinaio di volte. Che vergogna, cazzo. Lasciai che l'acqua ustionante spazzasse via quel sogno, ma Nate rimase ben ancorato dov'era.

Di solito, quando come quel giorno avevo il turno al mattino, restavo a casa per la colazione, con un caffè e magari una tazza di cereali. Ma in quell'occasione non me la sentivo di restare lì da sola coi miei pensieri. Dopo essermi vestita, infilai gli scarponi invernali e il giaccone, per poi scendere e recarmi al Firehouse. Chiunque vivesse in regioni con lunghi inverni rigidi si sarebbe trovato d'accordo con l'affermazione che una delle migliori invenzioni dell'uomo era l'avvio remoto delle macchine. La mia l'avevo accesa mentre mi stavo ancora vestendo, per poi salire a bordo qualche minuto dopo e trovarla calda e accogliente.

Mi fermai poco dopo davanti al Firehouse, giusto in fondo alla strada. Se fossimo stati in estate ci sarei andata a piedi, ma non ero masochista. Fuori era ancora buio, con le stelle che brillavano nel cielo e una bella fettina di luna che spuntava oltre i monti dietro il centro di Willow Brook.

Feci un bel respiro profondo per riempire i polmoni, con lo scricchiolio dei miei passi sulla neve in sottofondo. Le luci scintillavano nelle finestre, un invito a entrare. Spinsi la porta e venni accolta da un piacevole tepore e il profumo di caffè e dolci, che mi inebriò i sensi.

Nonostante l'ora, c'era già qualche cliente e sentivo il baccano che proveniva dalla cucina, oltre le porte a ventola. Mi avvicinai al bancone e rivolsi un sorriso a Janet, quando sollevò lo sguardo.

"Buongiorno, Holly," disse con un largo sorriso. Mise da parte una busta con dei dolcetti. "Cosa ti porto?"

"Prendo un Americano e un panino con le uova."

"Arrivano subito." Si voltò verso la porta che dava sul retro. "Ehi, Daniel, ti dispiace venire un attimo qui a preparare un panino con le uova?"

Il grill era posizionato e visibile oltre il bancone, mentre i prodotti da forno venivano preparati sul retro. Un attimo dopo, Daniel apparve dalla porta e mi lanciò un sorriso, prima di accendere il grill.

Nel frattempo, Janet cominciò a preparare il caffè. Sempre sorridente, si voltò verso la porta quando le campanelle tintinnarono. "Oh, Jake e Sandy, buongiorno."

Mi voltai e vidi i genitori di Jake Green che si avvicinavano. Perfino dopo la tragedia e la perdita del figlio, avevano deciso di rimanere a Willow Brook. Proprio come me, anche loro avevano attraversato le fiamme del lutto ed erano riusciti a superarle.

"Buongiorno, Holly," disse Sandy, con un rapido abbraccio.

Jake mi fece l'occhiolino e mi rivolse un cenno del capo, prima di riprendere per mano sua moglie. "Hai il turno al mattino, immagino," osservò.

"Proprio così," risposi.

Eravamo rimasti in buoni rapporti. Li conoscevo praticamente da quando ero bambina. In tutta Willow Brook, erano forse le uniche persone che comprendevano davvero il rapporto che c'era stato tra me e Jake. E meno male, perché doverlo spiegare proprio ai suoi genitori sarebbe stato troppo difficile.

Sandy si spostò i capelli scuri dal viso e rivolse un sorriso a Janet quando si voltò per porgermi il caffè.

"Fatemi indovinare, due caffè?" chiese loro Janet.

"Esatto," rispose Jake.

"Volete qualcosa da mangiare?"

"No, grazie. Oggi andiamo ad Anchorage per sbrigare qualche commissione e ho pure appuntamento dal dottore."

"Tutto bene?" chiese Janet, voltando la testa mentre preparava i caffè.

"Oh, sì sì, devo giusto fare una mammografia. Un vero spasso, lo sai."

Janet eruppe in una risata. In quel momento, sentii la voce di mio fratello alle mie spalle, che si stava portando dentro anche una folata di vento gelido. Manco a farlo apposta, con lui c'era Nate.

Oh, merda. Alex non sapeva che tra di noi c'era qualcosa. Per pura coincidenza, in quell'ultima settimana o giù di lì non ci eravamo più visti.

Alex doveva aver sentito l'ultimo commento di Sandy. Il suo sguardo si spostò su noi tre donne, finché Sandy non si strinse nelle spalle e gli lanciò un sorrisetto. "Sì, hai sentito bene, ho appena detto mammografia. Ma tranquillo, non è niente di cui dovrai mai preoccuparti," gli disse con una risata. Jake, intanto, alzò gli occhi al cielo e scosse la testa.

"Ehm, d'accordo," replicò Alex.

Era raro che rimanesse senza parole, soprattutto quando c'era da fare qualche battuta sconcia. Ma per una volta si era trovato ben al di fuori dal suo territorio. Gli sorrisi. "Buongiorno."

Quello scambio di battute era stato sufficiente a dissipare l'imbarazzo per aver beccato Nate insieme a mio fratello.

Lo sguardo di Nate incrociò il mio e il luccichio che vi lessi dentro mi provocò un'ondata di calore.

Oh, maledizione. Che ingiustizia. Mi avrebbe fatto comodo un interruttore per spegnere le reazioni del mio corpo. Eccomi lì, insieme ai genitori del mio fidanzatino delle superiori e mio fratello, nonché migliore amico di Nate. Una situazione come quella avrebbe dovuto gettare fiumi di acqua ghiacciata su quel desiderio ardente che avevo di lui.

Ma non lo fece. Affatto.

Che vita di merda.

Rivolsi un sorriso tirato verso Nate, pregando con tutta me stessa che il rossore che percepivo sulle guance non fosse visibile. Janet si voltò di nuovo e sfilai il portafoglio dalla borsetta, mentre lei passava i caffè a Sandy e Jake.

"Devo pagare," le dissi, porgendole una banconota da cinque.

"Eccomi." Un attimo dopo, prese i soldi e fece lo scontrino.

"Il resto aggiungilo pure al barattolo delle mance," aggiunsi.

Lo fece con un sorriso, e poi spostò l'attenzione su Nate e Alex mentre i genitori di Jake la pagavano. Nel frattempo, Daniel mi porse il piatto col panino. Fino a qualche minuto prima, mi sarei volentieri seduta a un tavolino a godermi la colazione, ma quella serenità era stata rimpiazzata dall'impulso di fuggire. Troppi pensieri confusi mi rimbalzavano nel cervello, in competizione con le emozioni per guadagnarsi uno spazietto, ma queste ultime rischiavano di vincere su tutto.

Purtroppo, però, non trovai alcuna via di fuga, soprattutto perché mio fratello mi mise con le spalle al muro. "Benissimo, facciamo colazione insieme, vero?" mi chiese.

"Non vedo perché no," risposi, a malincuore.

Col piatto e il caffè in mano, mi fermai accanto a Sandy e Jake. "È stato un vero piacere. Clay come sta?" domandai, riferendomi al fratello minore di Jake.

"Oh, sta benone. Si trova a Washington per un tirocinio," rispose Sandy, con orgoglio. "Andiamo a trovarlo tra un paio di settimane. L'ultima volta che ci siamo andati è stato durante una sua gita delle superiori, in cui abbiamo fatto gli accompagnatori." Detto ciò, mi stampò un bacio sulla guancia. "È sempre bello rivederti, cara."

Li salutai, seguendoli con lo sguardo mentre uscivano dal locale, e poi mi voltai di nuovo verso Alex e Nate. Alex lo stava stuzzicando mentre Nate pagava i caffè. "Vado a prendere un tavolo, ragazzi," dissi in tutta fretta, per poi girarmi e dirigermi verso un tavolino vicino alle finestre, in un angolo.

Non riuscivo a comprendere quel mio turbamento interiore. Era piuttosto normale incontrarli entrambi lì al Firehouse, la mattina. Sebbene Alex non fosse una persona mattiniera, il suo lavoro lo costringeva spesso e volentieri ad alzarsi molto presto. Nate, invece, si svegliava alle prime luci dell'alba come me. Eppure, oramai bastava la sua vicinanza a scatenarmi un fuoco dentro.

Mi domandai se sarebbe ripartito a breve. Soltanto guardarlo mi faceva fremere dalla testa ai piedi. Non mi pareva il momento di fermarmi a contemplare quanto fosse complicato e sconveniente sbavare dietro al migliore amico di mio fratello. No, non che fosse una novità, ma avevamo finalmente concretizzato quei sentimenti. Era diventato tutto più reale, molto più intenso di quanto mi sarei mai potuta aspettare.

Mi sedetti al tavolo e bevvi un lungo sorso di caffè. Alcuni fasci di luce si sollevavano nel cielo oltre le montagne, in lontananza. Ma ci sarebbe voluta ancora un'ora prima che il buio desse spazio al giorno. Proprio quando avrei cominciato il turno all'ospedale.

Dopo un altro sorso, diedi un morso al panino e sollevai lo sguardo quando Nate si accomodò di fronte a me. Di mio fratello nemmeno l'ombra. "Alex dov'è?"

"In bagno." Si fermò a guardarmi, lo sguardo buio e imperscrutabile. Volevo baciarlo, ma scacciai subito via quel pensiero. "Hai il turno di mattina?"

"Già." Mi resi conto soltanto in quel momento delle implicazioni di quella risposta. Avevo terminato due turni notturni di fila, che mi avevano salvata dal rivedere Nate. Ma quel giorno non avrei avuto alcuna scusa plausibile per rifiutare, se mi avesse chiesto di vederci la sera stessa.

Un calore languido si diffuse nel basso ventre, per irradiarsi nel resto del corpo. Nate bevve un sorso di caffè, senza spezzare il contatto visivo. La promessa che lessi nei suoi occhi mi mozzò il fiato, il cuore prese a martellare all'impazzata. La mia mente tornò a...

Ma in quel momento, l'arrivo di Alex mi riportò violentemente alla realtà.

Datti una regolata.

Quell'ordine interiore aveva un tono autoritario e secco, ma il mio corpo si ribellò comunque e lo ignorò spudoratamente.

Alex spostò una sedia dal tavolo accanto e si sedette con noi. "Turno di mattina, eh?"

"Mi pare ovvio. Altrimenti cosa ci farei qui dentro vestita così?"

Alex bevve un sorso di caffè e poi ridacchiò. "Mi pare giusto."

"Oggi che fai? Non ti svegli mai a quest'ora di proposito."

"Oh, hai proprio ragione. Devo andare all'aeroporto di Anchorage perché mi sto occupando di una riparazione molto importante di un motore. Ho convinto Nate a venire con me e, magari, anche ad andare a un appuntamento a quattro," disse Alex, lanciando un'occhiata a Nate.

Era più che comune che mio fratello e Nate avessero conversazioni simili in mia presenza. Prima di quell'ultimo anno, in realtà, non ci avevo mai dato alcun peso. In quel momento, però, una fitta di gelosia cocente mi percorse e mi si chiuse lo stomaco per l'ansia.

Appunto personale: ecco perché non avrei mai dovuto permettere che succedesse qualcosa tra me e Nate.

Il mio sguardo scivolò verso Nate, ma lo distolsi

rapidamente e mi voltai verso la finestra, pregando che la mia espressione non rivelasse le mie emozioni.

"Ehi, ti ho già detto che non resto a dormire lì. E non contare su di me per quell'appuntamento. Se vuoi andarci, vacci da solo," dichiarò Nate.

Oh, mio Dio. Che situazione terribile. Avrei tanto voluto chiedergli di spiegarsi meglio. Ancora non avevamo parlato di quello che c'era stato tra di noi. Non che potessi biasimarlo. Io in primis non me la sentivo affatto di discuterne, perché ogni volta che c'entravano lui e i miei sentimenti non riuscivo neanche a formare un pensiero coerente. E, come se non bastasse, in quel momento ci trovavamo di fronte a mio fratello.

Diedi un bel morso al panino, sfogandomi con un morso furioso e l'altro.

Alex si strinse nelle spalle, con indifferenza. "Bah, d'accordo. Tanto sei tu a perderci. Ma che ti è preso, comunque? L'hai notato anche tu che non è più in sé, vero? È come se avesse rinunciato completamente alle donne," disse Alex, rivolgendosi a me.

Con una scrollata di spalle, bevvi dell'altro caffè perché non avevo assolutamente idea di cosa dire a riguardo. Alex alzò gli occhi al cielo e tornai al mio panino, costringendomi a non guardare Nate. Mi ero ripromessa che tra di noi non ci sarebbe più stato niente, perché odiavo quel genere di conversazioni. Per quanto avesse appena rifiutato l'offerta di Alex, non potevo certo illudermi che avesse deciso di prendere seriamente il nostro rapporto.

In qualche modo, riuscii a sopravvivere al resto di quei minuti di imbarazzo, nonostante la tortura. Poiché nessuno dei due conosceva i miei orari di lavoro, mi alzai subito dopo aver finito di mangiare. "Devo andare, ragazzi. Fate buon viaggio. Ci si vede."

Senza neanche attendere una risposta, mi portai la borsa sulla spalla e corsi fuori. Appena prima che potessi raggiungere la macchina, però, sentii dei passi alle mie spalle, un leggero scricchiolio sul parcheggio innevato.

"Holly."

Il suono della voce di Nate fu come un fulmine a ciel sereno, in quella mattinata fredda e tranquilla. Un vortice di emozioni, auto-giudizio e confusione prese a vorticarmi dentro, intrecciandosi alle prime fiamme di desiderio. Avrei *tanto* voluto ignorarlo, ma sapevo che non me l'avrebbe permesso. Presi un bel respiro e mi fermai accanto alla macchina, per poi voltarmi verso di lui. "Sì?"

Era già molto vicino. Un'altra falcata e arrivò di fronte a me. La sua presenza emanava un'aura di forza. C'era freddo, ma percepivo il calore del suo corpo. Non dissi nulla, più perché non riuscivo a fidarmi di me stessa.

"Non è stata una mia idea," dichiarò, lo sguardo intenso.

Era come se stesse cercando di scavarmi l'anima. E in fondo, anche se ci fosse riuscito, non ci avrebbe capito molto. Nemmeno io riuscivo a dare un senso ai miei sentimenti. Le emozioni e la ragione continuavano a lottare tra loro, creando una confusione terribile.

Mi strinsi nelle spalle. Dato che non aggiunse altro, mi sentii costretta a riempire il silenzio. "Nessun problema. Non mi devi alcuna spiegazione, sai," dissi.

Un lampo gli attraversò gli occhi. Nel grigiume mattutino, non riuscivo a vederli molto bene. E poi non mi fidavo della mia stessa percezione, non quando c'erano in gioco così tante emozioni.

"Invece sì che te la devo. Non frequento nessuno.

Ormai è da..." Si fermò e portò indietro la testa, per guardare il cielo. Quando riportò lo sguardo nel mio, una nuvoletta di condensa gli uscì dalle labbra con un sospiro. "Ormai è da Halloween che non frequento una donna."

Le sue parole colpirono dritte nel plesso solare. Ormai erano passati mesi da Halloween, ovvero la sera dell'evento di beneficienza. Aprii la bocca, per poi richiuderla subito. Che figura da pesce, che dovevo aver fatto.

Un sorriso gli incurvò le labbra quando si strinse nelle spalle. "La mia priorità sei tu."

"Eh?"

Geniale come sempre, Holly.

Decisi di ignorare quella vocina sempre tanto critica.

Le sue spalle si sollevarono e riabbassarono con un respiro profondo. "D'accordo, vado dritto al punto. Capisco perché tu possa pensarla diversamente, ma quello che c'è tra di noi per me è molto più di semplice sesso. Ti voglio. Tutta te stessa."

Le sue parole erano profonde, lo sguardo determinato. Sentivo il cuore che martellava nel petto, come se stesse cercando di uscire dalla cassa toracica. Scossi la testa perché non riuscivo a crederci e non sapevo proprio come reagire.

Dall'altra parte del parcheggio, la porta del Firehouse si aprì e uscì Alex, la schiena rivolta verso di noi mentre parlava con qualcuno all'interno.

Nate si avvicinò e chinò il capo per premere le labbra alle mie. Fu un bacio breve ed elettrizzante. Il contrasto tra l'aria gelida e la sua bocca calda fu così intenso che un'ondata di piacere mi travolse. Un attimo dopo, però, un senso di panico mi assalì quando notai che Alex si era voltato. Non sapevo se ci avesse visti o meno.

Nate scrollò le spalle e incrociò il mio sguardo, sollevando la testa. "Non mi importa quello che pensa Alex. Dovresti fregartene anche tu. È una questione tra me e te."

Quello fu uno dei pochi episodi in cui mi ritrovai letteralmente senza parole. Rimasi a fissarlo, ammutolita.

"Vai al lavoro," disse dolcemente, allungando il braccio per aprirmi la portiera.

Una vampata di calore mi travolse. Infatti, perfino nel bel mezzo della confusione mentale più totale, mi ero comunque ricordata di avviare la macchina prima di uscire dal locale.

"Stasera passo da te," disse Nate sottovoce, così che potessi sentirlo soltanto io.

In qualche modo, riuscii a trovare le forze per salire sulla mia macchinina, al che Nate chiuse la portiera. Lo seguii con lo sguardo quando si voltò per raggiungere Alex, ai loro pick-up. Alex salutò e poi partirono insieme, Nate che lo seguiva.

Cosa diamine è appena successo?

Capitolo Venti

NATE

"Che cazzo c'è tra te e mia sorella?" mi chiese Alex, sbattendosi la porta dell'enorme hangar alle spalle.

In realtà ero sorpreso che fino a quel momento non mi avesse ancora chiesto nulla su me e Holly. Quella mattina, quando era praticamente fuggita dal Firehouse, le ero corso dietro fregandomene di qualunque cosa. Non potevo permettere che passasse tutta la giornata a torturarsi con l'idea che potessi essere interessato a frequentare altre donne.

Conoscevo i rischi e sapevo che probabilmente lei stessa non l'avrebbe presa bene. Della reazione di Alex, invece, non poteva importarmene di meno. L'avrei affrontato a testa alta.

Si fermò e si girò a guardarmi. Eravamo soli, con soltanto due piccoli aerei come pubblico. Le pareti di metallo e il cemento rendevano lo spazio cavernoso e riecheggiante.

Lo guardai dritto negli occhi. "In che senso?"

Quella conversazione non mi spaventava. Sapevo comunque che prima o poi avremmo dovuto farla. Tanto valeva tagliare subito la testa al toro. A essere onesti, però, mi sarebbe piaciuto avere un po' più di tempo per trovare la maniera migliore per dire al mio migliore amico che mi stavo innamorando di sua sorella gemella.

Alex inclinò la testa di lato, lo sguardo duro. "Lo sai benissimo a cosa mi riferisco. Stamattina ti ho visto che la baciavi. Al Firehouse era tesa come una corda di violino. Tanto lo so che lei non mi direbbe nulla, quindi ti conviene sputare il rospo."

"Ancora non lo so," gli dissi infine. "Ma mi piacerebbe vedere dove va a finire."

"Cazzo," mormorò Alex. "Non puoi prendere per il culo mia sorella. Non cerchi una relazione seria, lo sappiamo tutti."

"Non la prenderò per il culo. Non lo farei mai."

"Non verrai mica a dirmi che ti sei innamorato di lei, vero?"

Le sue parole trasudavano sarcasmo e dovetti trattenermi dal trasalire. Aveva ogni diritto di presupporre che con lei non desiderassi altro che spassarmela tra le lenzuola. Capiamoci, volevo disperatamente perdermi in Holly ancora e ancora e ancora, ma con lei c'era molto di più, c'erano sentimenti veri.

"Non so se sono pronto a dire una cosa così forte, ma mi piacerebbe scoprire cosa può succedere."

"Cazzo," ripeté Alex, voltandosi dall'altra parte per avvicinarsi a uno dei due aerei e dare un calcio alla ruota. "E lei lo sa?"

"Ho provato a farle capire ciò che provo, ma non so ancora cosa voglia davvero."

Con una giravolta, si diresse verso di me. "Non *azzardarti* a prenderla per il culo. Altrimenti io ti spacco il tuo."

"Lo so," replicai, cercando di mantenere i nervi saldi. Quella reazione me l'aspettavo, ma la poca fiducia che aveva in me bruciava. "Ti giuro che per me non è nulla di passeggero."

Alex fece un passo indietro, roteando la testa da una parte all'altra come per alleviare la tensione nel collo e le spalle. Poi riportò lo sguardo su di me, scuotendola lentamente. "Alle superiori lo sapevo che avevi una cotta per lei, ma credevo l'avessi superata."

"In un certo senso l'ho fatto, ma non proprio."

Alex mi studiò con lo sguardo. Dopo un lungo e pesante silenzio, scosse ancora una volta la testa. "Mi stai forse dicendo che sono cazzo di *anni* che provi qualcosa per mia sorella?"

Gettai indietro la testa e fissai il soffitto ondulato di metallo, tracciando con gli occhi le travi in acciaio. Poco dopo, riportai lo sguardo nel suo e mi strinsi nelle spalle. "Non saprei come spiegarlo. Ma ti assicuro che non ho passato tutto questo tempo a struggermi d'amore per lei, assolutamente. È vero che alle superiori mi ero preso una bella cotta, ma..."

Mi fermai, senza sapere come continuare. Non gli avrei certo potuto dire che Holly era diventata la protagonista delle mie fantasie sessuali sin dagli anni delle superiori. Non c'erano mai stati sentimenti profondi, giusto una cottarella, ma comunque l'incidente aveva complicato le cose e avevo dunque deciso di voltare pagina. Però, dopo anni e anni, beh... era cambiato tutto.

Ci pensò Alex a terminare il mio discorso. "La vita si è messa in mezzo ed è stata un bell'ostacolo. Anche se non me l'hai chiesto, sappi che Holly non ha mai amato veramente Jake. In realtà, si erano messi insieme soltanto perché Caleb ed Ella erano sempre appiccicati." Alex distolse lo sguardo, prese un respiro profondo e diede un colpo di tallone alla ruota che aveva alle spalle.

Quando riportò gli occhi nei miei, vi lessi dentro una profonda serietà. "Senti, Holly mi farebbe il culo se provassi a comportarmi da fratello iperprotettivo, quindi sappi che non ho intenzione di interferire. A meno che..." Si fermò e mi puntò un dito contro. "A meno che non vengo a scoprire che l'hai presa per il culo. Lo sai che non avrei mai consigliato a nessuna nostra amica di cercare una relazione seria con te, ma se Holly vuole buttarsi allora sono fatti suoi. Ma non osare prenderti gioco di mia sorella."

Il mio cuore diede una violenta botta contro le costole. Non avrei detto ad Alex che per Holly avevo già sviluppato sentimenti più profondi, non mi pareva ancora il momento. Dovevo prima capire ciò che lei voleva realmente.

Con lo sguardo fisso nel suo, annuii lentamente. "Ti capisco benissimo, ma non hai nulla di cui preoccuparti."

Alex scosse la testa. "Le dirai che l'ho scoperto?"

"Certo. Non farei la stronzata di provare a tenerglielo nascosto."

Il sorriso che gli apparve sulle labbra fu genuino. "Oh, esatto, sarebbe una vera e propria stronzata. Ma vabbè, adesso diamo un'occhiata a questo piccoletto qui," disse, voltandosi per mettersi finalmente al lavoro.

Con facilità, Alex aprì lo scomparto del motore dell'aereo. Non era uno dei miei, ma apparteneva a un mio buon amico che in quel momento si trovava fuori città. Mi aveva chiesto di chiamare Alex per farlo controllare, dato che lavorava come meccanico certificato di aeromobili.

Riuscimmo a lasciarci alle spalle quella conversazione scomoda e cominciammo a lavorare seriamente. Qualche ora dopo, quando tornammo alle macchine,

Alex si fermò a guardarmi. "Senti, ma quindi è per Holly che non frequenti nessuna donna da, tipo, questo autunno?"

Porca troia. Non avrei potuto raccontargli di tutti quei brevi e intensi incontri che c'erano stati tra me e Holly in quell'ultimo anno. Sarebbe stato alquanto inopportuno rivelargli della volta in cui me l'ero quasi scopata la prima volta in un armadio e poi nel camerino di una raccolta fondi. Mi aveva messo con le spalle al muro. C'era un motivo se eravamo migliori amici. Mi conosceva come le sue tasche. Incrociai il suo sguardo e scrollai le spalle, optando per la risposta più conveniente, che ormai usavo in automatico ogni volta che mi toccava parlare di Holly.

"Non esattamente."

Preferivo rimanere sul vago. Non potevo ancora dirgli che ormai Holly viveva perennemente tra i miei pensieri.

Con una risata, si voltò dall'altra parte. "Non dimenticare quello che ti ho detto."

Rimasi lì in piedi nell'aria gelida, il grido acuto di un corvo che squarciava l'aria, poi feci il giro del pick-up per mettermi al volante, facendo scricchiolare la neve sotto gli scarponi.

Capitolo Ventuno

HOLLY

Entrai in sala relax e mi buttai su una sedia, con un sospiro profondo. "Cazzo, sono esausta," dissi, sollevando le braccia per stringere la coda di cavallo. Dall'altra parte del tavolino rotondo c'era seduto Chris, a cui rivolsi un sorriso.

Chris annuì, poi si passò una mano tra i capelli e bevve un sorso di caffè. "C'è il caffè appena fatto, se vuoi. È bello intenso. Però vattelo a prendere da sola, io sono troppo stanco per muovermi."

Con una risata, mi alzai e attraversai la stanza per raggiungere il tavolo. "Il bisogno di caffeina è stato sufficiente per farmi muovere il culo."

Versai una bella tazza e aggiunsi della panna, per poi tornare al mio posto. Il mio turno era finito cinque minuti prima. Quel pomeriggio, al pronto soccorso c'era stato il delirio. Si erano verificati ben due incidenti sulla superstrada appena fuori Willow Brook. I pochi raggi del sole avevano sciolto la neve e le strade erano rimaste scivolose. Quella notte si sarebbero senz'altro ghiacciate.

"Per fortuna che non ci sono stati morti," commentai.

Chris bevve un altro sorso di caffè e poi annuì. Restammo seduti in un piacevole silenzio per qualche minuto, lasciando che l'adrenalina evaporasse dai nostri corpi. Per un lavoro come quello al pronto soccorso, l'adrenalina era fondamentale per andare avanti, per non perdere la concentrazione e restare sempre sul pezzo. Alla fine di un lungo turno, potersi finalmente distendere era una vera goduria. C'erano volte in cui mi ci volevano ore per riuscire davvero a rilassarmi. E, dopo una giornata come quella, probabilmente quella sera sarebbe andata a finire così.

"Dai, dammi qualche buona notizia. Ci sono aggiornamenti su Nate? O la tua verginità?"

Quella sua sfacciataggine non mi dava alcuna noia. Nella nostra amicizia, sapevamo di poter trattare con leggerezza anche gli argomenti più delicati, perché ben consapevoli che l'altro avrebbe compreso.

"Beh, sono riuscita a perdere la verginità," replicai, con un occhiolino.

"Congratulazioni, allora," disse con un largo sorriso. "È stato così terribile come dicono? Da uomo, proprio non so cosa potete provare."

Scoppiai a ridere. "Beh, immagino. Per voi è senz'altro diverso. Però no, non è stato terribile." Sentii le guance in fiamme perché in realtà era stato l'esatto contrario. Quella serata era stata incredibile.

Chris inarcò un sopracciglio. "Mi sa che non lo è stato proprio per nulla. E adesso?"

Bevvi un lungo sorso di caffè, gustandone il sapore e quella botta di caffeina di cui aveva tanto bisogno il mio organismo. "Non lo so." Lasciai la tazza sul tavolo. Sentivo come un peso sul petto e l'argomento mi colmò di angoscia.

Nate continuava a confondermi, perché sembrava volesse che prendessi seriamente quello che c'era tra di noi. Probabilmente non capiva il mio punto di vista. Nel momento stesso in cui avevo scoperto quella fortissima attrazione nei suoi confronti, capii che mi aveva rovinata per qualunque altro uomo. Sebbene fossi contenta di aver perso la verginità proprio con lui, i miei sentimenti mi facevano paura.

Chissà cosa mi lesse in volto Chris, ma allungò la mano per posarla sulla mia. "Oh, tesoro. Ti piace proprio tanto, vero?"

L'emozione mi chiuse la gola e lacrime calde minacciavano di sgorgare. Gli strinsi dolcemente la mano e presi un fazzoletto dalla confezione al centro del tavolo. "Sì. Mi sa che è proprio così, ma mi sento una vera stupida. Non posso..." Mi bloccai per soffiare il naso. "Non posso permettermi di innamorarmi proprio di lui."

"Beh, non sareste mica la prima coppia di amici che finisce con l'innamorarsi."

"Oh, mio Dio, non è... Non siamo innamorati."

Il suo sguardo caldo resse il mio, serio come non mai. "Io ho sempre pensato che a Nate piacessi. Forse dovresti semplicemente seguire il tuo istinto."

"Ma è quello che sto già facendo, quindi..." Mi strinsi nelle spalle, mentre asciugavo le lacrime.

Svuotò la tazza e mi guardò. "Magari ne verrà fuori qualcosa," disse alla fine. "Ma soltanto se gli dai una chance."

Finii anche io il caffè. "Lo so."

Chris si alzò e fece il giro del tavolo per abbracciarmi. Quando mi lasciò andare, un sorrisetto furbo gli incurvò le labbra. "Perlomeno ti sei liberata di quella fastidiosa verginità. Scommetto che è stato incredibile."

Chris trovava sempre il momento perfetto per scherzare. Gli diedi una leggera gomitata. "Dai, ci vediamo in questi giorni."

"A presto," replicò, seguendomi fuori dalla stanza e dirigendosi poi nella direzione opposta alla mia.

Tornai di corsa alla postazione degli infermieri per sbrigare alcune cose dell'ultimo minuto. Finii poco dopo e fui l'ultima infermiera del turno di giorno ad andarsene. Lasciai tutto nelle mani del team del turno serale e mi diressi in corridoio, il trambusto in sottofondo.

Quando arrivai fuori, ancora non si era fatto del tutto buio. Striature di lavanda e rosa tingevano il cielo coperto. L'aria gelida mi colpì il viso, dandomi una bella svegliata. Raggiunta la macchina, scoprii che non si era accesa. Probabilmente avevo scordato di usare l'avvio automatico.

Salii dunque a bordo della mia piccola berlina e premetti il pulsante di avvio, ma non accadde nulla e sentii un *click*. Ci riprovai. Ancora nulla, giusto qualche altro *click*.

"Merda. Dev'essere morta la batteria," mormorai.

Mi guardai intorno e non trovai nessuno nel parcheggio. Posai la testa al sedile e cominciai a prepararmi psicologicamente a tornare dentro e convincere qualcuno ad aiutarmi a far ripartire la macchina.

Scesi di nuovo poco dopo, stringendomi il cappotto attorno al corpo, e iniziai ad attraversare il parcheggio quando venni illuminata da un paio di fari. Mi voltai e riconobbi il pick-up di Nate. Un'ondata di anticipazione mi travolse violenta. Però avevo questioni più pressanti a cui pensare, ovvero chiedergli di aiutarmi con la macchina.

Mi spostai di lato per lasciarlo passare, dunque si fermò accanto a me e abbassò il finestrino. "Ero giusto passato a chiederti i tuoi programmi per stasera," mi disse, praticamente senza salutare.

"Beh, i miei programmi al momento sono di cercare qualcuno che mi aiuti a far ripartire la macchina, quindi mi sa che sei arrivato proprio al momento giusto," gli dissi, con un ghigno.

Un sorriso gli arricciò gli angoli degli occhi. "Nessun problema. Dove hai parcheggiato?"

Indicai la mia macchina, sul lato opposto del parcheggio. "Balza su," mi disse, indicando la portiera del passeggero con un cenno del capo.

C'era talmente freddo che non esitai ad accettare il breve passaggio. Con una corsetta, raggiunsi l'altro lato e saltai a bordo. Ovviamente, Nate mi aveva già aperto la portiera.

"Oddio, qui dentro c'è un bel calduccio." Sospirai, abbracciandomi la vita mentre tremavo un pochettino.

I suoi occhi scuri sfrecciarono nei miei mentre rideva. Porca miseria. Avevo un bel problema pratico a cui pensare, ma bastò un suo sguardo a mandarmi su di giri. Santo cielo.

Ci fermammo qualche secondo dopo davanti alla mia auto e uscimmo insieme al freddo. Sollevai il cofano della berlina, mentre lui stava prendendo i cavi di avviamento. Dopo aver collegato i due veicoli, mi rivolse un cenno del capo. "Avvia il motore."

Seduta in macchina, provai più volte a premere il bottone.

"Non succede nulla," gli dissi, perché alle volte mi piaceva constatare l'ovvio.

Nate si avvicinò alla portiera aperta. Poggiando una mano sul tettuccio, infilò dentro la testa. "Nulla di nulla?"

"No." Ci riprovai un altro po' di volte. Quel *click*

c'era ancora, ma il motore non voleva comunque saperne di partire.

Quando sollevai lo sguardo, la sua bocca era lì a un soffio. Seguendo l'istinto, mi mossi senza quasi pensarci. Gli feci scivolare una mano dietro la nuca e mi sollevai per eliminare la distanza e posare le labbra sulle sue.

Quando sentii la sua risata ovattata contro la bocca, un senso di gioia mi esplose nel petto. L'avevo senz'altro colto di sorpresa, ma l'improvvisazione doveva essere il suo forte. Fece scivolare la lingua tra le labbra per trovare la mia e poi mi passò le dita tra i capelli, baciandomi con più passione.

Mi lasciò andare poco dopo ed ero tutta un fuoco. Era un vero peccato che ci trovassimo in un parcheggio pubblico, in una serata ghiacciata d'inverno.

"Ti porto a casa io. Oppure puoi venire da me. Decidi tu," mi disse.

Il suono della sua voce mi chiuse lo stomaco. Quel giorno dovevo aver lasciato la mia sanità mentale a casa.

"Facciamo da te."

Neanche io sapevo il motivo di quella scelta. Magari quella fievole e sommessa vocina della ragione voleva assicurarsi che Nate non passasse troppo tempo a casa mia, così che non si riempisse di ricordi di noi due.

"Allora andiamo. Domani puoi chiedere ad Alex di passare a controllare il problema," affermò.

Con la sua mano calda avvolta attorno alla mia, lo seguii di nuovo al suo pick-up. Una volta seduti e con la cintura allacciata, commentai quando aveva già cominciato a guidare. "Ma se chiedo ad Alex, allora poi mi chiederà come ho fatto a tornare a casa."

Nate si fermò al centro del vialetto che portava fuori dall'ospedale e si voltò a guardarmi. "Hai ragione. Puoi semplicemente dirgli che ti ha dato un passaggio un'amica."

C'era qualcosa nel suo sguardo che non mi piaceva. Non sapevo come interpretarlo, ma era lì. "Ti prego, non dirmi che gli hai detto di noi."

Nate portò indietro la testa, con un sospiro. "Me l'ha chiesto lui, dopo aver visto quel bacio nel parcheggio."

Un'ondata di frustrazione e irritazione mi travolse. "E cosa gli hai detto?"

"Niente di che, di certo non i dettagli. Mi ha fatto la ramanzina e mi ha pure minacciato di farmi il culo, se mi azzardo a farti del male."

Il suo sguardo era cupo. Sentivo il cuore che batteva con forza nel petto. Tra il desiderio e quel groviglio di emozioni che provavo per Nate, per noi, dentro di me c'era un casino nero. Mio fratello a volte sapeva essere fin troppo impiccione.

Nate percepì la rabbia che mi stava montando dentro, quindi provò subito a tranquillizzarmi. "Senti, è il mio migliore amico. Non avrei mica potuto nasconderglielo in eterno. Gli ho detto la verità, ovvero che voglio avere una chance con te. Tutto qui."

"Gli hai detto così?" gli chiesi, una nota di incredulità nella voce.

"Sì, gli ho detto proprio così. Perché è la verità."

"E da quand'è che cerchi più di un'amicizia con benefici?"

"Da quando ci sei tu," disse francamente, quasi sfidandomi con lo sguardo a mettermi a discutere.

Le sue parole mi avevano lasciata a bocca aperta, cosa che notai soltanto quando mi posò un dito sotto il mento per richiuderla, con un ghigno sulle labbra.

Imbarazzata, assottigliai lo sguardo e presi un respiro tremolante.

Era esattamente tutto ciò che volevo, eppure, non riuscivo a fidarmi. Nonostante avessi letteralmente camminato tra le fiamme di un dolore straziante dopo quell'incidente che mi aveva portato via un caro amico e si era quasi preso anche la mia migliore amica, una cosa che mi era rimasta ben impressa era la cruda realtà che ti insegnavano quelle tragedie. La vita può cambiare in un lampo, da un momento all'altro.

Per me era diventato difficile riporre le mie speranze in qualunque cosa, riuscire a fidarmi. Infatti, mi era quasi impossibile credere che Nate fosse davvero cambiato così tanto.

Per anni e anni, era stato un vero maestro dei rapporti occasionali. Aveva reso ben evidente a tutti che non gli interessavano altro che il sesso e lo svago. Io ormai quella fase della mia vita l'avevo superata da tempo. Ero alla ricerca di una favola, anche se quella parte di me che per lunghi anni si era impegnata a darmi forza e tenermi in piedi si burlava di quell'idea. Ero perfino in conflitto con me stessa, ecco.

Le ventole del riscaldamento erano l'unico suono udibile nell'abitacolo. Il cielo aveva perso le sue sfumature colorate e le stelle cominciavano ad apparire nel cielo notturno sopra le cime frastagliate dei monti, ombre oscure contro l'orizzonte.

Mi voltai di nuovo verso Nate perché non mi piaceva fare la figura della codarda. I suoi occhi marroni ressero i miei, fermi e decisi. Non sapevo più che pesci prendere. Nate era sempre stato il buffone, il cascamorto, l'esatto opposto di quello stoico di suo fratello.

Un senso di irritazione mi attraversò e mi ci aggrappai con forza. Ricordai di colpo com'era cominciata quella conversazione. "Non ci credo che ne hai davvero parlato con Alex," mormorai.

Assottigliò gli occhi. "E cosa cavolo avrei dovuto dirgli?"

"Beh, non avresti dovuto baciarmi davanti a lui," protestai.

"Da quand'è che sei diventata così codarda?"

Che cazzo ha detto?

"Non sono una codarda, porca puttana. Come ti permetti?" risposi, reagendo in modo più violento di quanto avessi voluto.

Capitolo Ventidue

HOLLY

Nate inclinò la testa di lato, un sopracciglio inarcato. Mentre mi guardava il suo sguardo si fece più intenso, come per suscitare una reazione dal mio corpo. Odiavo sentirmi così vulnerabile. Bastava una sua semplice occhiata a risvegliare le fiamme del desiderio. I carboni ardenti erano sempre lì pronti, in attesa della scintilla che avrebbe ridato loro vita.

Non volevo pensare a nulla. Né a quanto rapidamente mi stessi innamorando di lui, né a quanto mi sentissi confusa dal suo improvviso interesse per una relazione che non si fondasse soltanto sul sesso, né a quanto era stato speciale perdere la verginità con lui, a niente di niente. Era come se un fulmine avesse appena squarciato l'aria, dopo il rombo di un tuono. Anche se non riuscivo a dare un senso coerente ai miei sentimenti, potevo comunque perdermi in lui, in quel desiderio selvaggio che era esploso tra di noi come fuochi d'artificio.

Mi sporsi verso di lui, fermandomi con le labbra a neanche un centimetro dalle sue. "Non azzardarti a darmi della codarda."

Nate non disse nulla, l'aria nell'abitacolo carica di tensione. E poi, così, le nostre labbra si trovarono in un bacio bollente, febbricitante e caotico. Nel giro di pochissimi secondi, prese il sopravvento un desiderio puro ed elementale, talmente potente che a ogni tocco stavamo praticamente creando una perturbazione tutta nostra. Mi aspettavo persino che dal punto di contatto delle nostre labbra potessero scoppiare scintille vere e proprie.

Ero tutta un fuoco. Dovevo farmi penetrare. Subito.

Venni riportata violentemente alla realtà quando qualcuno bussò con forza al finestrino del guidatore. Ci separammo dunque dal bacio, il respiro pesante.

"Cazzo," mormorai.

Nate si fece una risata, che non fece altro che alimentare quella rabbia che ancora non si era spenta dopo il suo commento. Quella stessa rabbia, a sua volta, andava ad alimentare il desiderio sessuale. Quando Nate si spostò un poco per guardare fuori, vidi che a interromperci era stato Dan, uno degli assistenti infermieristici dell'ospedale. Non eravamo in grande confidenza, ma ci conoscevamo comunque.

Willow Brook aveva un debole per il gossip, che soprattutto in inverno diventava un'arma vera e propria. Niente turisti in giro, nulla da fare e giornate fredde in cui regnava la noia. Era molto improbabile che Dan non avesse visto quel bacio, ma magari i vetri appannati ci avevano salvati.

Nate abbassò il finestrino. "Sì?" gli chiese.

"Volevo giusto farvi notare che state bloccando l'ingresso del pronto soccorso. Deve arrivare un'ambulanza tra giusto qualche minuto," rispose Dan.

D'istinto, mi sporsi davanti a Nate per intromettermi. "È grave?"

Appena mi vide, Dan strabuzzò gli occhi. "Giusto dei dolori al petto. Tu per oggi hai finito, quindi vai pure a casa. Hai avuto qualche problema con la macchina, per caso?"

"È morta la batteria, quindi mi sta dando un passaggio Nate."

"Capisco. Beh, allora ci si vede al lavoro, dai," disse, facendo un passo indietro. Proprio in quel momento, sentimmo le sirene dell'ambulanza in avvicinamento.

Nate sollevò il finestrino e ripartì. Nessuno dei due disse nulla, mentre io mi torturavo al pensiero che un mio collega potesse avermi vista pomiciare con Nate nel parcheggio dell'ospedale.

Avevo le guance in fiamme soltanto all'idea delle voci che avrebbe potuto far girare Dan, ma in fondo, quando avevo Nate accanto, mi sentivo sempre tutta un fuoco.

"Dove andiamo, quindi?" mi chiese di nuovo, come per assicurarsi che non avessi cambiato idea.

Per un misero secondo, fui quasi tentata di chiedergli di portarmi a casa e di lasciarmi sola. Ma c'era un problema bello grosso, ovvero lo desideravo troppo. Sentivo le mutandine bagnate, i capezzoli talmente duri da far male e percepivo un fremito di desiderio in ogni cellula del corpo. Stavo praticamente vibrando sul sedile.

"Da te." Si era fermato di nuovo. Quando mi voltai a guardarlo, il suo sguardo intenso mi provocò un brivido incandescente lungo la spina dorsale. "Dai, datti una mossa," mormorai.

La sua risata profonda e roca mi fece venire la pelle d'oca.

———

Nate viveva a giusto qualche minuto dal centro di Willow Brook. La casa l'aveva costruita circa cinque anni prima, dopo aver ottenuto il brevetto da pilota. Alex mi aveva detto che aveva fatto tutto praticamente da solo, con l'occasionale aiuto di suo fratello e del padre. Era da un po' che non ci tornavo, ma era esattamente come la ricordavo.

Viveva in una villetta con la struttura in legno. Fuori c'era troppo buio per vederci qualcosa, ma sapevo che da lì si poteva ammirare un campo con i monti sullo sfondo. Lo stesso ruscello che attraversava il terreno dei miei genitori arrivava anche nella sua proprietà. Ero cresciuta giusto in fondo alla strada, a pochi chilometri in linea d'aria. I nostri genitori erano vicini di casa, infatti fu proprio quella vicinanza a far sbocciare quell'amicizia così forte che c'era tra Nate e Alex.

Parcheggiammo sul retro della casa e salimmo i gradini che portavano all'ingresso che dava sulla cucina. Varcata la soglia, ci scrollammo la neve dagli scarponi sulle piastrelle grigio chiaro. Sulla parete in fondo correva un lungo bancone, che da un lato era fiancheggiato dal frigorifero, il forno e il piano cottura. Dalla parte opposta c'era un'isola ovale. I banconi in granito grigio richiamavano il pavimento. Una griglia sospesa sull'isola decorava l'ambiente con pentole e padelle. Giusto oltre l'isola, il parquet delimitava la fine della cucina e l'inizio della zona giorno.

Spostai lo sguardo sull'angolo più distante, in cui una stufa a legna era circondata da alcune poltroncine. Sull'altro lato, un televisore al plasma era montato sulla parete. In mezzo alla stanza c'era un divano componibile, con una sezione rivolta verso la TV e l'altra verso l'ingresso. Come molte altre case in Alaska, finestre alte fino al soffitto regalavano viste spettacolari sul panorama.

Delle scale su un lato portavano al soppalco, che copriva soltanto metà della casa, sul retro. Mi resi conto giusto in quell'istante che non vi ero mai salita. Da lui c'ero già stata in passato, ma non avevo mai avuto motivo di andare al piano di sopra. Immaginavo, comunque, che ci fossero le camere da letto.

Di tanto in tanto, Nate ospitava qualche serata da lui, il che significava che mio fratello era sempre invitato e, di conseguenza, pure io. Tutto d'un tratto, il peso di quello che stava succedendo tra di noi mi cadde addosso come un sacco di mattoni. Ma in quel momento non volevo pensare, neanche un po'.

Mi voltai e calciai via gli scarponi, mentre Nate tornò fuori a cospargere di sale e sabbia la pedana ghiacciata. Se si fosse trattato di qualunque altro uomo, avrei provato un senso di tensione, probabilmente anche di disagio per aver invaso il suo spazio personale. Con Nate, invece, sentivo una strana combinazione di familiarità e novità. Le basi della nostra amicizia si erano spostate. Soltanto quando mi abbandonavo completamente a lui riuscivo a spegnere il cervello, con quel desiderio ardente e feroce che riduceva in cenere qualunque mia preoccupazione.

Appesi la giacca all'appendiabiti, poi sollevai lo sguardo quando tornò dentro, portando con sé una folata di aria gelida. Il cambio di temperatura fece inturgidire i capezzoli, che cominciarono a premere contro il tessuto della maglietta. Ero vestita come l'anti-sesso in persona. Quella sera indossavo una divisa viola acceso, il colore perfetto per tirarmi su il morale durante un turno molto lungo. Preferivo portare indumenti piuttosto larghi, al lavoro, perché dovevo essere comoda.

Si può dire che quell'outfit era tutto l'opposto rispetto a quel costumino che ero stata costretta a indossare al fatidico evento di beneficienza. Con un respiro tremolante, cercai di mantenere la calma. Tuttavia, il desiderio mi pulsava dentro come un tamburo, mentre un bisogno viscerale mi scorreva nelle vene e sussurrava che avrei potuto trovare sollievo in un modo e in un modo soltanto.

Nate lanciò un bicchiere di plastica vuoto nel secchio con la miscela di sale e sabbia, poi vi ripose sopra il coperchio. Dopo aver sfilato scarponi e giaccone, si voltò a guardarmi.

I miei occhi si mossero di loro spontanea volontà sul suo corpo, divorandone ogni centimetro. Profumava di aria gelida, con un accenno di legna bruciata. Indossava dei jeans sbiaditi che abbracciavano i muscoli delle cosce. Riportai lo sguardo sulla maglia in cotone che non riusciva quasi a contenere il petto e le spalle poderosi. Non mi era sfuggito neanche il rigonfiamento tra le gambe.

Un'ondata di sollievo mi travolse. Perlomeno, non ero la sola a bruciare in quella follia. Un senso di insofferenza mi spingeva ad agire. Dovevo fare la prima mossa, dovevo trovare un modo per placare quel tornado di emozione e desiderio che mi turbinava dentro. Mille pensieri mi frullavano per la mente, in competizione per farsi spazio e avere attenzioni, sovrastati dalla pura lussuria.

Mi avvicinai a Nate e, spavalda, catturai le sue labbra in un bacio mentre con la mano seguivo il profilo dell'erezione. Il gesto l'aveva preso alla sprovvista e un grugnito profondo gli uscì dalla bocca. Un attimo dopo, feci un passo indietro e abbassai la cerniera dei jeans, per infilare la mano nei boxer e liberare il membro duro. La pelle era vellutata e calda, una gocciolina di eccitazione faceva brillare la punta.

Lo spinsi contro la porta e mi inginocchiai, per leccarla via con la lingua. Un intenso senso di soddisfazione mi attraversò quando mormorò il mio nome con voce strozzata, intrecciando con forza le dita ai miei capelli. Non era il mio primo lavoro di bocca ed ero prontissima a farlo impazzire proprio come lui aveva fatto con me. Dopo una carezza con la lingua sulla parte inferiore, la feci roteare attorno alla cappella larga, gustando il sapore salato dell'eccitazione. Così, senza indugiare oltre, lo presi in bocca fino alla gola, continuando a massaggiare, leccare e succhiare.

Lo sapevo benissimo che Nate era ben dotato, ma quella era la prima volta che lo vedevo da così vicino, in maniera così intima. Ce l'aveva lungo, grosso e duro, precisamente il motivo per il quale mi sentivo ancora un poco indolenzita dall'ultima notte insieme. Sentii il tonfo della sua testa contro la parete e aumentai un poco il ritmo, seguendo i movimenti della bocca con le mani.

Un'altra gocciolina danzò sulla mia lingua. "Holly," mormorò in tono profondo.

Strinse la presa e quel leggero bruciore sulla cute fu il benvenuto, mentre sensazioni e desiderio si mescolavano insieme. Spostai un poco la testa e feci scivolare lentamente la lingua sulla punta. Con un grugnito strozzato, Nate provò a sollevarmi, ma non avevo ancora finito. Determinata a fargli perdere la ragione, indietreggiai un altro po' e poi lo presi tutto quanto fino alla gola. Un'altra carezza della lingua e la vena sul membro prese a pulsare violentemente. Potei godermi i suoi gemiti per ben poco, perché un attimo dopo Nate si riversò nella mia bocca, il mio nome un grido disperato.

Attesi qualche secondo e poi lo sfilai lentamente, con un'ultima passata di lingua. Al che, mi alzai in piedi e aprii gli occhi per ammirarlo. Poggiato contro la porta, era così dannatamente sexy da togliermi il fiato. Il desiderio si fece ancora più selvaggio. Con i jeans aperti e la maglia stropicciata, mi guardava con gli occhi socchiusi, di un'intensità unica. Quel senso di potere che avevo sentito nell'averlo completamente alla mia mercé si dissipò con una sua breve occhiata.

Maledizione. Soltanto quell'uomo era in grado di farmi scogliere con un semplice sguardo.

Senza spezzare il contatto visivo, con un calcio si spinse via dalla porta. In un lampo, mi sollevo contro di sé senza neanche preoccuparsi delle condizioni dei suoi vestiti. Istintivamente, gli avvolsi le gambe attorno alla vita e un sussulto mi scappò quando coi denti mi mordicchiò il collo. Una vampata di calore mi travolse all'istante. Senza esitare, attraversò il soggiorno e salì al piano di sopra, reggendomi con estrema facilità tra le braccia. La sua presa forte mi faceva sentire al sicuro, protetta. E sapevo che con lui lo ero davvero.

Con un desiderio irrefrenabile che mi vibrava dentro mentre salivamo le scale, tempestai il collo di Nate di baci delicati, assaporando il lieve salato della pelle e il battito frenetico del cuore. Poco dopo, aprì con una spallata la porta al centro del ballatoio. Un colpetto del gomito sopra l'interruttore e due lampade agli angoli si accesero, proiettando una luce soffusa nella stanza.

Ebbi pochissimo tempo per guardarmi intorno. Al centro c'era un letto matrimoniale molto basso, con scaffali di libri integrati nella struttura su entrambi i lati, mentre sotto una finestra laterale si trovava una cassettiera. L'arredamento finiva lì.

Senza troppe cerimonie, Nate mi gettò sul letto e il suo sguardo si fece più intenso quando ritrovò il mio. "Ho bisogno di te," disse schiettamente, le quattro parole che volarono dritte tra le mie cosce.

In un intreccio di corpi, finimmo di spogliarci. Alla finre, posizionò il ginocchio tra le mie gambe. Sentivo i capezzoli duri, il sesso che pulsava, ed ero talmente fradicia per lui che rischiavo di perdere la ragione.

Il suo sguardo scivolò sul mio corpo, lasciandosi dietro una scia di fuoco. Quando lo riportò nel mio, un luccichio perverso gli fece brillare gli occhi.

"Ora è il tuo turno."

Capitolo Ventitré

NATE

La pelle di Holly scintillava nella luce soffusa che proiettavano le due lampade ai lati del letto. I capezzoli scuri erano turgidi, il seno pieno e morbido. Un lampo di piacere mi attraversò. Nonostante mi fossi appena riversato nella sua deliziosa bocca, ce l'avevo già duro e pronto per lei. Dovetti aggrapparmi agli ultimi residui di autocontrollo, perché volevo prendermi tutto il tempo per gustarmi a pieno il momento, gustarmi lei.

Cominciai a stuzzicarla tracciando l'interno coscia con le dita e, al contatto, un sussulto le dischiuse le labbra. Mentre si dimenava sotto il mio tocco, fece scivolare la lingua sul labbro inferiore, senza distogliere lo sguardo dal mio.

Una cosa che amavo proprio tanto di Holly era quel suo non aver mai paura di guardarmi dritto negli occhi. Mai la minima esitazione, il minimo imbarazzo. In quel momento realizzai che nessun altro l'aveva mai presa in quel modo. Non mi consideravo un uomo possessivo, non faceva parte della mia natura.

Ma Holly mi aveva fatto ricredere. Al pensiero che

nessun altro uomo oltre a me fosse mai stato dentro di lei, l'ondata di possessività e desiderio puro mi travolgeva come uno tsunami. Non riuscivo neanche a tollerare la semplice idea che qualcun altro potesse possederla.

Scivolai più in alto, per carezzare il basso ventre con le nocche mentre lei si contorceva sotto il mio tocco. Sempre più su, presi un seno in mano e godetti alla sensazione di pesantezza, alla morbidezza della pelle vellutata, al modo in cui il capezzolo si inturgidì ulteriormente quando lo pizzicai piano tra il pollice e l'indice. Senza più riuscire a resistere alla tentazione, chinai il capo e presi l'altro bocciolo tra le labbra, poi lo carezzai con la lingua e succhiai un poco, per mordicchiarlo tra i denti.

Holly era molto reattiva. Inarcò la schiena verso di me e affondò una mano tra i miei capelli, stringendo con forza le ciocche tra le dita. Non mi bastava altro che abbassare il bacino verso il suo per abbandonarmi a quel desiderio che minacciava di invadere ogni angolo della mia mente.

Mi feci forza per resistere alla tentazione e cominciai a esplorare il suo corpo con le mani. Con un'ultima leccata al capezzolo, scivolai verso il basso tra un bacio e l'altro, superando la morbida curva del ventre. Quando arrivai alle cosce, le separai e Holly sussultò rumorosamente, per poi lasciarsi andare sui cuscini. Al che, sollevai la testa e la guardai. Il seno si muoveva frenetico, a ritmo col respiro affannato. I lunghi capelli biondi erano sparsi in un groviglio attorno alla testa, mentre le guance avevano un bel colorito roseo.

Era talmente bella e sexy da mozzarmi il fiato. Feci scivolare lo sguardo sul suo corpo, arrivando al sesso rosa, bagnato e lucido. Stuzzicai le labbra umide con le dita e il suo bacino si sollevò istintivamente verso la mia mano.

"Dimmi che cosa vuoi," mormorai, studiando la sua espressione.

Holly aprì gli occhi, intensi e ardenti.

"Va bene così?" le domandai, continuando a torturare l'apertura.

"Nate!" esclamò in un urlo strozzato, quando affondai un dito.

Mi sarebbe piaciuto continuare a stuzzicarla in quel modo, ma vederla perdere la ragione mi piaceva ancora di più. Quando col bacino assecondò una spinta del mio dito, ne aggiunsi anche un altro. Dopodiché, portai la bocca sul clitoride gonfio e mi sfuggì un grugnito soddisfatto quando un urlo di piacere squarciò l'aria. Cominciai a leccare e succhiare, senza smettere di fotterla con le dita, mentre lei si dimenava sotto di me.

Le mancava già pochissimo. La sentivo sempre più vicina al limite con ogni spinta. Presi a leccarla con gusto, i suoi umori che mi scendevano lungo la mano e sulla bocca. Qualche altro affondo e si lasciò sfuggire un grido animalesco, mentre tremava contro di me. Un'ondata di piacere le attraversò il corpo e i muscoli si strinsero attorno alle mie dita. Mi sollevai lentamente, quasi con riluttanza. Amavo il suo sapore, ma non potevo più aspettare per penetrarla.

Mi fermai a guardarla e mi venne ancora più duro. Con la pelle arrossata dalla passione, le pupille scure e dilatate, e l'aria appagata, sentivo come un pugno che mi stringeva il cuore nel petto, facendolo battere con talmente tanta forza che l'emozione sovrastò qualunque pensiero.

Mi ero imbarcato in quell'avventura con Holly ben consapevole di quanto fosse speciale rispetto a tutte le altre donne della mia vita. Eppure, quella connessione intensa che si era venuta a creare tra di noi mi aveva colto impreparato. Tanto profonda e dolce, mi aveva colpito al centro del cuore.

Soltanto in quel momento mi resi conto che se non mi fossi gettato tra le fiamme del desiderio, se non l'avessi fatta *completamente* mia — a livello di corpo, cuore e anima — quell'incendio che bruciava tra di noi mi avrebbe ridotto in cenere.

Si spostò un poco e sollevò la mano per carezzarmi il petto. Quel lieve tocco fu come un colpo di frusta sulla pelle, che si lasciò dietro scintille di fuoco. Afferrai la base dell'asta e passai la cappella tra le labbra del suo sesso caldo, dovendo fare di nuovo appello al mio autocontrollo quando Holly sussultò, fremendo ancora dagli echi dell'orgasmo.

La penetrai con un colpo secco, i muscoli mi accolsero e mi avvolsero. Mi chinai lentamente sopra di lei, lasciandomi andare a un grugnito quando la sua pelle sudata e setosa sfregò contro la mia, le sue curve morbide premute ai muscoli sodi.

Appena trovai la posizione giusta, sentii subito che c'era qualcosa che non andava. Feci per ritrarmi, ma Holly mi cinse la vita con le gambe per tenermi fermo.

"Dove vai?" mi chiese, la voce roca e autoritaria come non mai.

Cristo, quanto cazzo l'amavo.

"Preservativo," risposi, in un grugnito.

"Ne abbiamo già parlato l'altra volta," mormorò. "Faccio l'iniezione. Insomma, dai, sono un'infermiera. Sono pura come la neve. E scommetto che lo sei anche tu, signorino boyscout," disse con un sorrisetto beffardo.

Essendo già dentro di lei, avvolto dal suo calore umido e accogliente, l'ultima cosa che volevo fare era spezzare il legame e aggiungere una barriera che ci separasse. Ma la decisione spettava soltanto a lei. "Sei sicura?" le chiesi, guardandola dritto negli occhi.

Li sbarrò appena, con aria infastidita. "Oddio, sì!"

Quella risposta mi bastò, soprattutto perché sollevò il bacino verso il mio come a ordinarmi di ricominciare. Così, chinai la testa e le catturai le labbra in un bacio, ritraendomi appena per poi penetrarla di nuovo.

Cazzo, mi sentivo un ragazzino imporrato. Quel pompino da urlo di qualche minuto prima avrebbe dovuto lasciarmi totalmente soddisfatto. E invece no, sentivo un altro orgasmo che si stava avvicinando. Con i testicoli tesi e un senso di calore alla base della spina dorsale, affondai con forza dentro di lei e si staccò dalle mie labbra per lanciare un urlo di piacere.

Continuavo a spingermi nel suo sesso caldo, nell'aria il suono dei nostri corpi che sbattevano insieme a ogni colpo. La sentivo pulsare e stringersi attorno a me finché non tremò di nuovo da capo a piedi, il mio nome un grido strozzato. Mi gettai dal precipizio insieme a lei e l'orgasmo mi pervase violento come un fulmine. Le crollai addosso e rotolai di lato per non schiacciarla, tenendola tra le braccia.

Il suo corpo morbido si adagiò sul mio, scosso da tremiti di piacere, e la sentivo stringersi delicatamente attorno a me. Era come se mi avesse appena messo sotto un tir, sbattuto a terra con la forza di un godimento così intenso da spazzarmi via.

Restammo sdraiati in quell'intreccio di arti, i nostri respiri l'unico suono nell'aria. Lentamente, il mio cervello riprese a funzionare. Volevo che Holly restasse lì incollata a me per sempre. Potevamo restarcene nel mio letto e ricominciare da capo un milione di volte. Così magari, *magari*, sarei riuscito a estinguere quelle fiamme di desiderio che mi ardevano dentro.

Dopo qualche istante, cominciò a muoversi. Aprii dunque gli occhi e incrociai i suoi. Aveva sollevato la testa, il mento posato sul mio petto. Studiò il mio sguardo e il mio cuore riprese a martellare contro le costole. Ancora non sapevo cosa provasse per me Holly, ma sapevo benissimo quanto lei fosse speciale per me. Ormai mi aveva folgorato, rovinato totalmente per qualunque altra donna. Ero pronto a tutto pur di farle ricambiare quei miei stessi sentimenti.

"Grazie per il passaggio," commentò, un sorrisetto malizioso sulle labbra.

Le sue parole mi lasciarono particolarmente confuso, finché non ricordai come ci eravamo incontrati nel parcheggio dell'ospedale. Non avevo la minima idea di quanto tempo fosse passato da quando eravamo arrivati a casa.

"Figurati," risposi.

———

Mi svegliai nel cuore della notte col corpo caldo e soffice di Holly accanto al mio. Ero rannicchiato alle sue spalle, il suo fondoschiena morbido premuto contro l'erezione. Senza neanche bisogno di accendere il cervello, il mio corpo si mosse da solo. Feci scivolare una mano lungo la curva del ventre e infilai le dita tra le cosce. La trovai calda, bagnata e pronta per me. Mormorò il mio nome, il suono erotico come una scarica elettrica nel sistema nervoso. Le sollevai un poco la gamba e affondai in lei. Fu un rapporto breve, lento e sensuale, nell'oscurità più totale.

Ricordavo di essermi addormentato ancora dentro di lei, dopo che si era voltata verso di me per tempestarmi il viso di baci. Al mio risveglio, trovai le coperte fredde e il suo posto vuoto.

Mai in tutta la vita mi ero preoccupato di non ritrovare nel mio letto la donna con cui avevo passato la notte. Però, quella mattina, un senso di panico parve soffocarmi. In fretta e furia, calciai via le coperte e mi alzai. Dopo aver infilato di corsa un paio di boxer, scesi in cucina e trovai un bigliettino accanto alla caffettiera. Il caffè era ancora tiepido, quindi non doveva essersene andata da molto.

Nate, grazie ancora per il passaggio. Mi hanno chiamata d'urgenza al pronto soccorso. È passata a prendermi una collega. Ci vediamo presto.

Holly

Per qualche motivo, tra le righe ci lessi anche qualcos'altro. Sentivo come se Holly avesse deciso di creare distanza tra noi. E la cosa non mi piaceva affatto.

Capitolo Ventiquattro

HOLLY

"Oh, mio Dio! Stai scherzando, spero," dissi, sporgendomi oltre Charlie per guardare Jesse.

Jesse si strinse nelle spalle, alzando gli occhi al cielo. "No, non sto scherzando."

"Santo cielo, uno di questi giorni rischia davvero di farsi del male, se continua così," aggiunsi.

"Non dirlo a me," intervenne Charlie. "Già io mi preoccupo sempre per mia mamma, ma almeno lei vive con noi. Carrie, invece, insiste per restare da sola. Certo, è sana come un pesce, ma ha cominciato a inseguire quel nuovo gattino da un albero all'altro."

"Già, quel micio ha la passione per arrampicarsi perfino più in alto del buon vecchio Herman," disse Beck Steele, seduto accanto a sua moglie Maisie sull'altro lato del tavolo. Beck lavorava come hotshot, mentre Maisie come centralinista della caserma e della stazione di Willow Brook. Qualche anno prima era riuscita a conquistargli il cuore e avevano già due bei bimbi.

Bevvi un sorso del mio drink. Solitamente optavo per una birra o del vino, ma quella sera il bar proponeva un'offerta speciale per i margarita. Ella si fece una risata, seduta accanto a me. Mi voltai a guardarla, per farle una domanda, quando sentii la voce di Nate. D'istinto, mi voltai in quella direzione, ma riportai subito lo sguardo su Ella quando mormorò qualcosa.

Non avevo sentito nulla, ma essendo migliori amiche dai tempi dell'asilo avevo comunque un'idea. "Cosa?" le chiesi, perché ripetesse.

Per mia fortuna, tutti gli altri erano presi dalle loro conversazioni, che ruotassero attorno al vecchio gatto di Carrie, Herman, al suo nuovo gattino, al meteo o questioni più disparate.

"Ti ho chiesto se c'hai un radar. Santo cielo, è ancora dall'altra parte della sala!" replicò Ella.

Bevendo un altro sorso di margarita, alzai gli occhi al cielo. Sentivo le guance in fiamme, ma le luci soffuse del Wildlands mi avrebbero protetta da sguardi indiscreti. Era una classica serata tra amici. C'erano Charlie e Jessie, Maisie e Beck, Ella e Caleb. Non era certo la prima volta che mi sentivo un pesce fuor d'acqua, tra tutte quelle coppie.

Grazie al cielo, però, che a breve sarebbe arrivata anche Rachel Garrett. Rachel lavorava come assistente medico alla clinica di Willow Brook. Era mia amica e, come me, era single. Mi dava conforto sapere di non essere l'unica in quella condizione.

Nate, insieme a mio fratello — mannaggia — raggiunsero il tavolo insieme a Remy Martin. Remy si era trasferito da poco in paese, dopo aver trovato lavoro in una delle squadre di hotshot. Meridionale, era nato in Louisiana e aveva vissuto e lavorato per un certo periodo tra i monti dello stato di Washington, quindi qualche esperienza con l'inverno se l'era fatta.

Sollevai lo sguardo e incrociai quello di Nate. All'istante, una vampata di calore familiare mi esplose nel basso ventre, per poi diffondersi anche nel resto del corpo. Mi costrinsi a guardare da un'altra parte. Non potevo permettermi di sbavargli addosso di fronte ad Alex. In realtà, ancora non era venuto a parlarmi di me e Nate. Ancora non riuscivo a metabolizzare che ci avesse visti baciarci.

Quando mi voltai, posai lo sguardo su Remy. Costrinsi il mio corpo a notare quanto era sexy, i capelli di un ricco color ambra e degli splendidi occhi verdi. Era impossibile che un hotshot non avesse un fisico assolutamente impeccabile, infatti Remy non era certo da meno. Nonostante il corpo virile e muscoloso, però, si muoveva con un'agilità aggraziata. Aveva un sorrisetto perenne stampato sulle labbra e l'accento sexy del sud. In parole povere, era un vero manzo.

Per quanto non potessi che prendere atto della sua bellezza oggettiva, a guardarlo non provavo assolutamente niente. Mi faceva lo stesso effetto di mio fratello. Il nulla più totale. Maledizione.

Erano passati già tre giorni da quel mattino in cui mi ero risvegliata nel letto di Nate e mi ero data alla fuga. Invece di prendermi qualche giorno di ferie, mi ero offerta volontaria per coprire i turni di altre due infermiere a casa per malattia. Avevo lavorato come una matta ed ero profondamente esausta, ma almeno mi ero creata la scusa perfetta per non dover rivedere Nate.

Spostammo tutti quanti le sedie per fare spazio al tavolo gigantesco che avevamo trovato in un angolo della sala. Ringraziai il cielo quando Remy occupò il posto al mio fianco prima che potesse farlo Nate, che finì col sedersi dall'altra parte del tavolo. Da laggiù, non avrebbe potuto toccarmi di nascosto. Mi sentivo allo stesso tempo sollevata e delusa. Bah.

"Ehi, Holl," mi salutò Alex, seduto accanto a Nate.

Sollevai la mano per salutarlo, con un sorriso tirato. "Ehi, ragazzi. Come va?"

"Non ti vedo da giorni," rispose Nate, senza troppi giri di parole. Teneva gli occhi fissi su di me, mettendomi a disagio di fronte a tutte quelle persone.

Alex guardò prima uno e poi l'altra, lo sguardo troppo acuto e perspicace per i miei gusti. La situazione si stava facendo sempre più scomoda. Per mia fortuna, Beck disse qualcosa a Nate e distolse la sua attenzione, quindi potei tornare al mio margarita e cominciare a ignorarlo spudoratamente.

"Come va, tesoro?" mi chiese Remy, con il suo solito garbo.

Oh, quanto amava i vezzeggiativi, quell'uomo. Li usava sempre e comunque. Lo trovavo molto dolce ma anche sexy. Alla fine dei conti, però, con lui non sentivo alcuna scintilla.

Sollevai lo sguardo e cercai di nuovo di far smuovere qualcosa dentro di me, provando ad andare oltre l'apprezzamento oggettivo della sua bellezza. Niente, assolutamente niente. Gli sorrisi. "Tutto bene, dai. Come ti stai trovando a Willow Brook? È il primo inverno che passi qui, giusto?" gli chiesi.

"Sì, signora. Mi sto trovando benissimo. Amo la neve, probabilmente perché a casa mia non l'avevo mai vista. Però comunque non mi sono fatto trovare impreparato, perché ho già dovuto sopravvivere all'inverno tra i monti dello stato di Washington. Quassù c'è più buio e un po' più di freddo, ma niente che non possa tollerare."

Rachel ci raggiunse proprio in quel momento e si sedette accanto a lui, inserendosi nella conversazione. "Ne sei proprio sicuro?"

Remy si voltò a guardarla. "Sì, tesoro. Sicurissimo.

Sono una stufa umana, mettiamola così," le rispose, col suo accento sensuale.

Notai subito il rossore che tinse le guance di Rachel. *Oh, mmh.*

Grazie al cielo che a me Remy non faceva alcun effetto, perché Rachel invece sembrava particolarmente interessata. La conversazione proseguì senza più includere né me né la mia vita, la serata piacevole come sempre. L'unico neo, le occhiatine occasionali che mi lanciava Nate.

A un certo punto, Alex gli fece una domanda e mi si drizzarono da sole le orecchie. "Quando parti per il weekend?"

"Domani," rispose Nate.

Proprio in quel momento, una ragazza si avvicinò al tavolo e chiamò il suo nome. Il mio sguardo schizzò subito alle spalle di Nate, per osservarla. Aveva un sorrisino provocante sulle labbra, con i lunghi capelli scuri che le ricadevano morbidi sulle spalle. Si fermò al suo fianco e gli posò una mano sulla spalla.

Ero convintissima al cento per mille che tra i due c'era stato qualcosa. Era una ragazza molto bella, alta e con due gambe vertiginose. E, ovviamente, con un fisico più snello del mio. Era esattamente quel genere di ragazza che, nelle giornate no, riusciva a farmi sentire un poco insicura.

In quel momento, dopo essere riuscita per tre giorni a evitare Nate, la sua presenza e il suo atteggiamento provocante non fecero altro che sottolineare ulteriormente tutti i miei errori. Come una sciocca, dandogli tutta me stessa mi ero imbarcata in un'avventura fuori dalla mia portata.

Notai subito l'aria sorpresa di Nate. "Oh, ciao, Brenda," disse con nonchalance. "Non sapevo fossi in città."

Il mio sguardo schizzò sulla mano di lei, che gli strinse la spalla e poi scivolò lungo il braccio. Sapevo fin troppo bene quanto fossero sodi quei muscoli. Presi un respiro tremolante, cercando di sopprimere quella gelosia che mi stava dilaniando. Non avevo alcun diritto di essere gelosa. Mi stavo comportando ancora una volta da sciocca.

"Non hai visto che faccio parte del gruppo che devi accompagnare al resort?" gli chiese Brenda.

Nate scosse la testa e la sua espressione si irrigidì appena. Lo notai subito perché lo conoscevo molto, molto bene.

"No, mi è sfuggito. Non ricevo una lista dei partecipanti, soltanto il numero di persone e il contatto a cui fare riferimento."

Brenda si fece una risatina, riportando la mano sulla sua spalla. "Beh, sono certa che sarà un viaggio fantastico. Spero che resti anche tu lì al resort con noi."

Sentivo lo sguardo di Ella addosso e decisi lì su due piedi che non aveva senso rimanere ad assistere al loro teatrino. Avevo scoperto cosa avrebbe fatto Nate nel weekend. O meglio, *chi* si sarebbe fatto.

"Devo andare," dissi a voce bassa, sporgendomi verso Ella.

I suoi occhi verdi incrociarono i miei, attraversati da un lampo di ansia. "Sei sicura?" mi chiese.

"Certo," risposi in tutta fretta. Dopo essermi scolata il margarita, mi alzai in piedi e raccolsi il cappotto e la borsa, prima di allontanarmi di corsa dal tavolo con un saluto generale.

Vidi che Nate mi stava guardando, ma Brenda gli stava ancora parlando. Mi affrettai per raggiungere casa, camminando a passo svelto sul marciapiede. Del nevischio fluttuava nell'oscurità, la mezza luna nascosta dalle nuvole e la neve.

Pochi minuti dopo mi chiusi la porta alle spalle e, dopo aver girato la serratura, mi ci poggiai contro con un respiro profondo. Lacrime calde mi scivolavano lungo le guance. Avevo fatto un bel casino. Un casino epico.

Mi ero allontanata da Nate perché sapevo di averne bisogno. Dentro di me, ero ben consapevole che avrebbe voltato presto pagina. Eppure, non mi ero affatto preparata a vedere quello scenario svolgersi davanti ai miei occhi.

Mi spinsi via dalla porta, asciugai le lacrime e mi tolsi il giaccone. A piedi scalzi, attraversai il soggiorno e alzai il riscaldamento, per poi mettere un bollitore sul fuoco. Avevo bisogno di un tè caldo, altrimenti rischiavo di scolarmi una bottiglia intera di vino per provare a dimenticare tutto quello che era successo tra me e Nate.

Proprio mentre stavo andando in bagno per accendere l'acqua, qualcuno bussò con forza alla porta. Il mio cuore prese a battere all'impazzata. Una parte di me sperava con tutta se stessa che Nate fosse corso a professarmi il suo amore. Però, quell'altra, sapeva che dovevo vincere le mie paure e dirgli la verità. Tra di noi doveva finire. *Subito.*

Nonostante il garbuglio di emozioni che provavo, mi aggrappai saldamente alla rabbia e alla gelosia che mi ardevano dentro. Era l'unico modo per riuscire ad affrontarlo. Così, andai alla porta e la spalancai.

Dall'altra parte c'era Nate, le guance arrossate per il freddo e gli occhi intensi fissi nei miei. "Perché mi stai evitando?" mi chiese.

"Perché non possiamo più continuare... così," risposi, agitando una mano tra di noi. "Vai pure a goderti il weekend con Brenda. Non voglio esserti d'intralcio, figurati. Tanto tra di noi non ci sarà più nulla."

Ero furiosa, con le lacrime che minacciavano di sgorgare e l'emozione che mi stringeva il petto e la gola, ma non volevo crollare di fronte a lui. Il mio orgoglio me lo impediva e non gli avrei certo dato quella soddisfazione.

"Ma che cazzo dici, Holly?" replicò, facendo un passo avanti. Lo fermai, allargando le braccia per non farlo entrare. "Fai sul serio?"

"Sì, sono serissima." Sentii qualcosa dentro che si spezzò, ma mi aggrappai con più forza alla rabbia, riuscendo così a trattenere le lacrime.

Era una vita ormai che io e Nate eravamo amici. Però, avevamo rovinato tutto. Avevamo raggiunto il livello estremo di intimità, un livello che non avevo mai raggiunto con nessun altro. Nonostante quello che continuava a ripetermi la ragione, non riuscivo a dimenticare le emozioni che avevo provato nel concedermi a lui, tutti quei sogni e quelle speranze intessuti in quella rete di intimità.

Un briciolo di quella vulnerabilità venne fuori. "Senti, non ce la faccio più, ok? Te l'ho detto sin dall'inizio che cerco una relazione seria. Quello che c'è tra di noi non può continuare. Continua pure a vivere la tua vita come piace a te, ma non possiamo andare avanti così. Lo sai anche tu che voglio di più di quello che sei disposto a darmi."

Mi guardò intensamente e un lampo gli attraversò gli occhi. Ero troppo turbata emotivamente per riuscire a decifrarlo. Aggrappandomi al mio autocontrollo, stringevo con forza il telaio della porta, come per non crollare.

"Holly, te l'ho già detto. Per me sei molto di più."

"Sì, è vero, ma ancora non mi hai spiegato cosa significa. Vai a farti quel weekend fuori e basta." Feci una pausa e rimasi in attesa di una risposta, dandogli il tempo per dire qualcosa, qualunque cosa. E lui, invece, non disse nulla. Presi dunque coraggio e lo salutai con un cenno del capo. "Buonanotte."

Senza esitare un attimo di più, feci un rapido passo indietro e chiusi la porta. Non era da me essere così maleducata, ma *non* potevo permettermi di continuare quella conversazione. Chiusi la serratura e lo ignorai quando chiamò il mio nome e bussò di nuovo alla porta. "Non finisce qui, Holly."

Mi avvolsi le braccia attorno al corpo e chiusi gli occhi, restando ad ascoltare i suoi passi che scendevano i gradini. Poco dopo, sentii il motore del suo pick-up. Mi avvicinai alla finestra e rimasi a osservare mentre svoltava sulla Main Street, finché il bagliore dei fanali posteriori non scomparve nella notte.

E poi, scoppiai a piangere. Dopo aver bevuto il tè, feci un bel bagno caldo. Eppure, nulla bastò a sollevarmi l'umore.

Capitolo Venticinque

NATE

Poggiai la schiena sulla poltrona davanti al camino e mi voltai verso Dave e Nancy. "Non so quanto riusciranno davvero a sciare, con una tempesta del genere," affermai.

Girai la testa dall'altra parte, verso la finestra che dava sull'oscurità. Le luci del resort illuminavano i fiocchi di neve che cadevano. Quella mattina, per il viaggio, avevamo trovato il cielo sereno, ma la sera aveva portato dense nubi. Qualche ora prima erano arrivati neve e venti glaciali.

Brenda mi aveva fatto capire chiaro e tondo che quella notte l'avrebbe passata molto volentieri in mia compagnia. Soltanto l'idea mi aveva stretto lo stomaco, ma non perché avessi qualche problema con Brenda. Era ancora tanto bella e provocante come la ricordavo, e non voleva altro che divertirsi sotto le lenzuola.

Un anno prima, avrei accettato molto volentieri le sue avances. Quella sera, tuttavia, non riuscivo a ridestare il benché minimo interesse. Non facevo che pensare a Holly e alla maniera in cui mi aveva chiuso la porta in faccia la sera prima.

Brenda, col prosciutto sugli occhi, si era seduta di fronte a me. Portando i piedi sotto di sé, si voltò a guardarmi. "Allora, Nate, come te la passi?" mi chiese, il tono basso.

"Oh, sono sempre pieno di lavoro," risposi.

Dave mi lanciò un'occhiata perplessa.

"Quanti altri voli hai in programma per il resort, questo inverno?" mi chiese. Dave mi conosceva bene. Pur non sapendo nulla della mia situazione, parve comprendere subito che avrei preferito mantenere la conversazione sul generale. "Non so mai che pilota aspettarmi."

"Dopo questo qui ne ho altri due, poi niente fino all'estate. Avrei potuto accettarne di più, ma d'inverno preferisco distanziarli l'uno dall'altro."

"Ah, quanto vorrei poterci tornare più spesso," commentò Brenda, con un sorrisino malizioso.

Sicuramente, si aspettava che cogliessi la palla al balzo per uno scambio più sensuale di battute. Però non ne avevo la minima intenzione e fui sollevato quando anche altra gente venne a unirsi a noi. Dave e Nancy mantennero viva la conversazione, così potei starmene di più sulle mie. A un certo punto, mi alzai e salutai tutti quanti. "Bene, io me ne vado a dormire. Spero che domattina il tempo migliori, così potete uscire."

Mi ritrovai a correre su per le scale, per poi chiudere a chiave la porta della mia camera. Magari poteva sembrare ridicolo, ma l'ultima volta che mi ero ritrovato lì con Brenda era passata a farmi visita nel cuore della notte. Volevo soltanto dormire.

Il mattino seguente, mi svegliai prima dell'alba. Nel cielo brillava ancora qualche stella, mentre i primi raggi del sole cominciavano a farsi strada nell'oscurità, schiarendo lentamente il blu del cielo. Dopo essermi infilato dei vestiti puliti, scesi in cucina da Nancy e Dave. Non solo eravamo amici di vecchia data, ma alloggiavo lì da loro talmente spesso che potevo letteralmente comportarmi come fossi a casa mia. Nessuna zona del resort era off-limit ed ero libero anche di andarli a trovare nei loro alloggi privati.

Proprio come mi aspettavo, li trovai mentre preparavano la colazione e sorseggiavano del caffè. Dave sollevò lo sguardo appena varcai la soglia e mi rivolse un sorriso. "Buongiorno, Nate."

"Il caffè è pronto," mi informò Nancy, indicando col gomito la caffettiera alle sue spalle.

Feci il giro del grande tavolo in acciaio inox, posizionato al centro della cucina. Con una tazza di caffè fumante in mano, mi sedetti di fronte a loro su uno sgabello. "Com'è cominciata la giornata?" domandai.

Dave continuava a tagliare patate, muovendo abilmente il coltello. "Ora che ho quasi finito una tazza intera di caffè, molto meglio."

"Pare che la tempesta si sia placata durante la notte. Oggi dovrebbe fare una bella giornata," affermai.

"Allora si faranno una bella giornata di sci. Anche domani dovrebbe esserci bel tempo. Resti tutto il weekend?" mi chiese Dave.

"Ancora non ho deciso. Sul programma ho visto che Fred Banks porta un gruppo nuovo lo stesso giorno in cui se ne va il mio. Pensavo di chiedergli di sostituirmi per il rientro, così da tornare a casa prima. Se non oggi, comunque domani."

Nancy sollevò la testa, l'aria pensierosa. "Senti un po', ma frequenti qualcuno?" mi chiese.

Dave la guardò, ridacchiando. "Proprio non sei riuscita a trattenerti, eh?"

Bevvi un lungo sorso di caffè, ripensando a come un paio di sere prima Holly mi aveva cacciato da casa sua. Avrei tanto voluto rispondere che sì, frequentavo qualcuno. L'esitazione che mi lesse Dave sul volto rivelò tutto quello che avevano bisogno di sapere.

"Porca miseria. Quindi è vero," commentò, il tono incredulo.

Presi un respiro profondo e sospirai a lungo, per poi passare una mano tra i capelli. "Non è così semplice."

Nancy sbarrò gli occhi. "Spiegati."

"Beh, è Holly."

"Holly Blake?" chiese Dave. "La gemella di Alex."

"Esatto, proprio lei. Il fatto è che ancora non ho ben capito cosa c'è tra di noi. La sera prima che venissi qui, ecco, mi ha praticamente mandato a fare in culo. Temo che si sia fatta qualche idea strana su me e Brenda."

Dave finì di tagliare le patate e poggiò con cautela il coltello sul tavolo. Un attimo dopo, Nancy arrivò a prendere il tagliere e rovesciò tutto in un grosso wok sul fornello.

"Non sto dicendo che tra te e Brenda ci sia davvero qualcosa, ma mi pare che abbiate dei trascorsi, o sbaglio?" mi chiese Dave.

"È stato solo un weekend," risposi, sulla difensiva.

Nancy si voltò a guardarmi mentre armeggiava ai fornelli, mescolando le patate e aggiungendo qualche spezia. "Certo, ma adesso ha espresso in maniera molto esplicita che sarebbe interessata a ripetere quel weekend. Se Holly l'ha vista parlare con te, capisco perché possa essersi preoccupata. Le hai già detto quello che provi?"

Probabilmente ero rimasto un po' troppo tempo in silenzio, lo sguardo vacuo, perché Dave si fece una risata. "Mi sa che la risposta è *no*."

Sospirai, con un'alzata di spalle. "Beh, cioè, le ho detto che per me è speciale e..."

Prima ancora che potessi finire la frase, Nancy cominciò a scuotere la testa. Dato che non continuai, mi lanciò un'occhiata severa. "Devi essere più specifico e dirle esattamente quello che provi, Nate, se tieni davvero a lei. Senti, la ami? Perché in quel caso glielo devi dire. Ti sei fatto una reputazione ben precisa. Certo, non sei uno stronzo, ma nessuno si aspetta che tu prenda seriamente una relazione. Chi ti conosce la pensa così. Non fraintendere, non sto dicendo che sei un coglione perché non lo sei affatto. Anzi, sei davvero un bravissimo ragazzo. Però sei il classico playboy, tutto qui." Fece una pausa prima di continuare.

"Detto ciò, immagino che anche Holly si sia fatta la stessa opinione sul tuo conto. Magari crede che tra di voi non possa esserci nulla. E, come se non bastasse, sei il migliore amico storico di suo fratello. Di sicuro non vuole complicare ulteriormente le cose. L'amore tra amici non è mai semplice."

Si era fermata soltanto una volta a riprendere fiato, mentre continuava ad aggiungere spezie e a mescolare le patate. Dopo la ramanzina, mi sentivo un vero idiota. La realtà era che non sapevo assolutamente come muovermi. Stavo cercando di non mettere a Holly troppa pressione, ma soltanto in quel momento mi resi conto di aver commesso un errore madornale. Ed essendo il primo e unico uomo con cui aveva fatto sesso, c'erano molti più dettagli ed emozioni da tenere in considerazione.

Non sapevo cosa lessero Dave e Nancy nella mia

espressione, ma si scambiarono un'occhiata e poi lei mi chiese, "C'è dell'altro?"

"Era vergine." *Cazzo*. La risposta mi era sfuggita dalle labbra. Se Holly l'avesse mai scoperto, mi avrebbe di sicuro ucciso.

Con un grugnito, mi piegai in avanti e presi la testa tra le mani, facendo scivolare le dita tra i capelli. Quando raddrizzai la schiena, trovai i loro sguardi sorpresi ad attendermi.

"Oh," commentò Nancy.

"Tutto qui? Oh?" le chiesi.

Dave raccolse la tazza dal bancone e bevve un rapido sorso, prima di riportare gli occhi nei miei. "Beh, è roba grossa. Scusami per la reazione."

"Fidatevi, ha sconvolto anche me. Ma non stava comunque aspettando l'uomo giusto. O, almeno, così mi ha detto," spiegai.

Nancy, che si era ripresa dalla sorpresa, abbassò il fuoco e posò un coperchio sul wok. "Che stesse aspettando l'uomo giusto o meno, è comunque roba grossa."

"Lo so," dissi infine. "Ha detto che dopo l'incidente..." Lanciai un'occhiata a Dave, chiedendomi se ne avesse mai fatto parola con Nancy.

Quella domanda trovò subito una risposta, infatti le lanciò un'occhiata e disse, "Intende quell'incidente alle superiori di cui ti ho parlato. È successo dopo che mi sono diplomato. È morto un ragazzo, che ai tempi frequentava Holly."

"Ok," ribatté Nancy, annuendo per farci capire che ricordava l'episodio.

Dunque, ripresi da dove mi ero fermato. "Comunque sia, Holly mi ha detto che dopo l'incidente i ragazzi hanno cominciato a tenersi alla larga da lei. E così, tra una cosa e l'altra, si è ritrovata vergine a quest'età."

"La ami?" mi chiese seccamente Nancy.

Una forte emozione mi si strinse attorno al cuore. La risposta mi venne spontanea, naturale. "Sì."

"Bene, allora ti conviene dirlo anche a lei," affermò, categorica.

"Senti, bello, fai come dice lei. Io seguo sempre i suoi consigli di coppia," aggiunse Dave, il tono solenne.

Nancy scoppiò a ridere e alzò gli occhi al cielo. "Non sempre." Tornando seria, riportò lo sguardo su di me. "Dico solo che dovresti farglielo sapere il prima possibile, perché i fraintendimenti non faranno altro che complicare le cose. Sei un ragazzo molto diretto, giusto? Se la ami davvero, allora non farla aspettare."

"È che non volevo correre troppo, forse. Avevo paura che non mi credesse, che non si fidasse di me," confessai, con una stretta al cuore.

"Se non vuoi che la tua reputazione ti preceda, allora ti conviene dichiararti il prima possibile, maledizione," aggiunse Dave.

Con le loro parole che ancora mi riecheggiavano nelle orecchie, chiesi in prestito il loro telefono satellitare e contattai Fred per chiedergli il favore di sostituirmi per il rientro del mio gruppo. Accettò volentieri, ma da un uomo affabile come lui non mi sarei aspettato di meno. Senza attendere oltre, andai a preparare i bagagli e feci un giro di saluti. Seppur visibilmente delusa, Brenda fu molto cortese e uscì con gli altri a sciare prima della mia partenza.

Mentre preparavo l'aereo per il viaggio, calcolai che sarei atterrato a Willow Brook nel tardo pomeriggio. Al decollo trovai il cielo sereno e volai sereno per un'ora buona. Dopodiché, però, il controllo del traffico aereo mi informò che si stava avvicinando una tempesta, e che quindi dovevo aspettarmi qualche turbolenza. Il vento aveva cambiato direzione, portando la burrasca che si stava spingendo a ovest verso est.

Quando chiesi ulteriori informazioni, la radio mi gracchiò nelle orecchie prima che l'operatore rispondesse ai miei dubbi. "La tempesta stava soffiando verso l'oceano, a ovest rispetto alla sua posizione. Però il vento è cambiato e quindi sta tornando indietro, a velocità elevata. In base alla sua destinazione, le consiglio di scendere a terra entro massimo un'ora. Trovi un luogo per l'atterraggio e aspetti che passi. Non dovrebbe durare molto."

"Ricevuto. Quanto è distante il resort estivo dalla mia posizione?"

Avrei preferito non dovermi fermare, ma la visibilità si stava facendo pericolosamente scarsa. Per quanto irrefrenabile fosse il desiderio di rivedere Holly, non potevo comunque rischiare la vita.

Dopo aver comunicato la nuova destinazione, attraversai la burrasca di neve e atterrai sano e salvo neanche mezz'ora dopo. Con un tempo migliore, a quell'ora potevo già essere a Willow Brook. Misi da parte l'amarezza e confermai l'atterraggio, per poi arrancare tra la neve per raggiungere il resort deserto, che rimaneva chiuso durante l'inverno. Veniva usato come rifugio di emergenza ufficiale per i piloti, in caso di maltempo. Non solo aveva una pista in ghiaia, ma per accedervi era richiesto un codice che conoscevamo noi del mestiere.

Avrei passato la notte al caldo e all'asciutto, con del cibo nello stomaco, ma probabilmente non sarei riuscito a contattare Holly. Di sicuro non si aspettava comunque una mia chiamata, ma dopo la conversazione con Nancy e Dave ero impaziente di parlarle. Quella fottutissima tempesta aveva rimandato tutti i miei piani.

Capitolo Ventisei

HOLLY

"Hai saputo?" mi chiese Ella.

"Che cosa?" replicai, sporgendomi in avanti per prendere una patatina dalla scodella in mezzo al tavolo.

Ella mi aveva convinta a partecipare a una delle serate di carte tra donne. Amelia, sua cognata, e alcune altre amiche le organizzavano spesso. Le conoscevo tutte, ma il rapporto con Ella era il più intimo. Da quando era tornata a Willow Brook, facevamo di tutto per vederci il più spesso possibile.

Quella sera eravamo a casa di Lucy e Levi. Lucy amava giocare a carte e si era persa qualche serata dopo aver partorito, appena dopo le feste. La piccola Glory aveva preso il nome della madre di Levi, Gloria. In quel momento, Lucy la teneva in grembo mentre chiacchierava con Amelia. Poco dopo, la porta della cucina si aprì ed entrò Maisie, che si guardò intorno con un sorriso sulle labbra.

"Ciao, ragazze," salutò, sfilandosi il giaccone per appenderlo all'attaccapanni stracolmo.

Ci raggiunse al tavolo e scivolò sull'unica sedia libera. "Hai saputo?" chiese, rivolgendosi a me.

Sollevai le mani, confusa, continuando a masticare la patatina. "No, è assurdo perché me l'ha appena chiesto anche Ella," risposi, bevendo un sorso d'acqua per mandare giù il boccone.

"Si tratta di Nate. Era di ritorno a Willow Brook ed è stato costretto a un atterraggio d'emergenza durante una bufera," mi spiegò Maisie.

Mi si chiuse lo stomaco e un senso di angoscia misto ad ansia mi travolse.

"Sta bene?" chiesi subito, la voce acuta e tirata.

Maisie annuì e non aggiunsi nient'altro perché non sapevo che diamine dire. Un milione di domande mi frullavano per la mente.

Ella, seduta di fronte a me, incrociò il mio sguardo. "Caleb l'ha saputo da Maisie e poi ha chiamato la centrale di Fairbanks per chiedere aggiornamenti, dato che loro sono più vicini," mi disse.

Eravamo intorno a un grande tavolo rotondo e con me c'erano Ella, Amelia, Lucy, Maisie e Charlie. Non c'eravamo tutte, ma quasi.

"Che diamine è successo?" chiesi, senza riuscire a soffocare la paranoia. Non mi piaceva affatto l'idea che fosse atterrato in una zona sperduta dell'Alaska, durante una tempesta.

Amelia prese una bottiglia di birra dal bancone della cucina e la porse a Maisie che, dopo averla aperta, mi rispose, "Quello che ho appena detto. Quando è partito stamattina c'era bel tempo e avrebbe dovuto reggere per tutto il giorno. Però è cambiato il vento e la bufera si è spostata sulla sua rotta. Non preoccuparti, è al sicuro. Ha già contattato la torre di controllo fuori Anchorage."

In quel momento, mi resi conto che c'era qualcosa

che non quadrava. Nessuna di loro mi sembrava sorpresa dal mio interesse.

"Lo sappiamo tutte," dichiarò Lucy, quando vide il modo in cui mi stavo guardando intorno. Sistemando la piccola Glory tra le braccia, mi rivolse un sorriso.

"Lo sa perfino Glory," aggiunse Amelia, con un sorrisino.

Sentivo le guance in fiamme. Quel breve attacco d'ansia aveva messo in circolo l'adrenalina. Lanciai un'occhiata a Ella.

"Io non ho detto niente," protestò. "A quanto pare, però, Caleb ha menzionato qualcosa a Cade."

"Che poi ne ha parlato con Beck," aggiunse Maisie, con una risata. Si fermò a bere un sorso di birra, prima di continuare. "Amo mio marito, ma gli piace ficcare il naso dappertutto. Non è un pettegolo, ma a me racconta tutto. E così, quando me ne ha parlato io sono andata da Amelia, e poi... Beh, hai capito com'è andata. Adesso lo sappiamo tutti. Ma perché dovrebbe essere un segreto, scusa?"

Tra l'angoscia improvvisa per Nate, il fatto di non poter avere sue notizie e la litigata unilaterale di qualche sera prima, le emozioni presero il sopravvento e scoppiai a piangere come una fontana.

"Oddio," disse Lucy. "Stai bene?"

Presi un tovagliolo dal tavolo per asciugarmi gli occhi, poi feci un respiro tremolante e annuii. "Sì, sto bene. Sono giusto un po' emotiva perché mi è preso un bello spavento."

"Nate sta bene," affermò Maisie con sicurezza.

"Vedrai che andrà tutto bene," aggiunse Lucy. "O almeno, è quello che mi ripeto quando la notte sono riuscita a dormire soltanto per due ore."

Maisie si fece una risata e le rivolse un sorriso comprensivo. "Vedrai, un giorno anche Glory comincerà a dormire senza interruzioni." Avendo già due bambini, Maisie era la più esperta del gruppo.

"Comunque... spara," mi incitò Amelia, agitando una mano per aria.

"Non c'è nessun grande segreto," mormorai.

Intervenne Charlie. "Invece eccome se c'è. È da un po' che tra te e Nate va avanti qualcosa e nessuna di noi lo sapeva. Tranne Ella, immagino."

"Io so soltanto che hanno passato una notte insieme, nient'altro," aggiunse Ella.

Mi scappò una risata, nonostante il turbamento interiore. "Non ne ho parlato con nessuno perché avevo paura di complicare le cose. Cioè, anche lui fa parte della cerchia di amici e poi..."

"Già, ed è anche il migliore amico di tuo fratello," terminò per me Amelia.

"Esatto. È *proprio* per questo che non ho detto nulla. Comunque non so cosa ci sia davvero tra di noi. Sì, abbiamo fatto sesso, però..."

"Più di una volta?" mi chiese Ella, interrompendomi.

Trattenni un sospiro profondo. Si stavano divertendo tutte a mettermi nell'angolo.

"Sì," risposi. Mi guardai intorno e trovai nelle loro espressioni un misto di curiosità e comprensione. Nonostante le provocazioni e le battutine, ero certa di poter contare su tutte loro.

Mi rilassai e poggiai la schiena alla sedia, annuendo. "È successo tutto troppo in fretta e a un certo punto ho cominciato a preoccuparmi perché non capivo dove sarebbe andata a finire tra di noi. E poi, beh, l'altra sera gli si è avvicinata quella ragazza e mi sono ricordata perché non mi ero mai permessa di avvicinarmi troppo a lui. In questo momento potrebbero essere rinchiusi in una baita sperduta nel bel mezzo della bufera."

Soltanto il pensiero mi spezzò il cuore.

"È da solo," ribatté Maisie.

"E che ne sai?" le chiesi.

"Sono la centralinista, Holly. Ho modo di ottenere tutte le informazioni che voglio. Quando ho saputo dell'atterraggio di emergenza, ho chiamato un amico della torre di controllo e mi ha confermato che su quell'aereo era solo."

Mi fermai a riflettere sulla notizia, ma non bastò comunque a tranquillizzarmi.

"Quindi vi siete lasciati?" chiese Lucy.

"Come possono essersi lasciati se nessuna di noi manco sapeva che stavano insieme?" le domandò a sua volta Maisie.

Scoppiai a ridere. Con le emozioni che venivano in superficie, non riuscivo a ragionare lucidamente. "Non so neanche se stiamo davvero insieme. L'altra sera si è presentato da me, ma l'ho cacciato. Poi non ci siamo più rivisti e adesso è bloccato da solo nel mezzo del nulla."

"È meglio che sia da solo, o no?" disse Charlie.

"Sono contenta che con lui non ci sia una tipa che vuole scoparselo, ma se morisse lì al freddo, da solo?"

Appena quella domanda mi lasciò le labbra, scoppiai a piangere di nuovo. Santo cielo. Quel tornado di emozioni prive di alcuna logica e razionalità avrei potuto benissimo evitarlo se non avessi mai accettato di concedermi a Nate. Non sapevo neanche cosa provasse per me e non sapevo più cosa fare.

"Si vede che tieni molto a lui," disse Ella, il tono serio e lo sguardo preoccupato.

Presi un altro tovagliolo per soffiare il naso,

cercando di darmi una regolata. "Già, molto, e non so cosa diavolo fare con questi sentimenti."

Calò il silenzio, che venne spezzato poco dopo da Amelia. "Forse dovresti andare a parlargli appena torna, così capisci la sua posizione."

"Ma dai," replicai, con un sorriso. Le lacrime però non si fermarono.

Mentre soffiavo di nuovo il naso, Cri, il cricetino adorabile di Levi, arrivò di corsa in cucina. Si fiondò alla finestra e salì una scaletta per raggiungere il davanzale, dove c'era una cuccia minuscola. Già, Levi aveva un criceto che poteva spostarsi liberamente per la casa.

Quando ci guardò con i baffetti che vibravano nell'aria, scoppiai di nuovo a ridere.

———

Mi voltai e tirai un pugno al cuscino per dargli forma, lo sguardo fuori dalla finestra che dava sulla Main Street. A Willow Brook i lampioni venivano spenti alle nove di sera. L'orario era stato deciso a una spinosa assemblea cittadina sull'inquinamento luminoso. Poteva sembrare una questione banale, ma gli effetti della luce durante la notte erano decisamente più visibili in una zona sperduta nella natura.

Nuvole scure si muovevano nell'oscurità, con alcune stelle che riuscivano a penetrare il velo. Molto probabilmente erano quelle stesse nuvole temporalesche che quel pomeriggio avevano costretto Nate a un atterraggio di emergenza. Irrequieta, presi il telefono. Dentro di me speravo che il suo cellulare avesse campo.

Cercai il suo numero e provai a chiamare. Dopo quattro squilli, partì la segreteria.

Ehi, sono Nate. Mi dispiace, ma in questo momento sono impegnato. Lasciate un messaggio e vi richiamerò.

Era lo stesso messaggio che aveva da anni. L'emozione mi travolse come un'onda anomala, il cuore prese a battere all'impazzata e le lacrime mi bloccavano la gola. Cristo, quanto mi mancava. Era via soltanto da un giorno e una notte, eppure ero disperata.

Non lasciai un messaggio e alla fine mi sentii pure una sciocca per averlo chiamato. Non avendo riattaccato subito, gli sarebbe arrivato un mio messaggio muto.

Passai la manica della maglietta sul viso e poi calciai via le coperte per prendere dei fazzoletti. Dopo una breve corsetta in bagno per soffiarmi il naso, tornai a letto e mi sedetti sul bordo del materasso, lo sguardo fuori dalla finestra. Non riuscivo a dormire.

Dopo un sonno irrequieto fatto di sogni su Nate, in tarda mattinata mi svegliai alla vibrazione del cellulare sul comodino.

Lo presi in fretta e furia e mi scivolò di mano. Lo presi al volo e vidi il nome di Nate lampeggiare sullo schermo per un secondo. E poi, *chiamata persa.*

Lo richiamai subito, ma la linea cadde ancora prima che potesse partire la segreteria.

Capitolo Ventisette

NATE

Gli squilli mi riecheggiavano nell'orecchio, mentre pregavo che Holly rispondesse. Non ero solito pregare, il che la diceva lunga su quanto fosse disperato quel bisogno di sentire la sua voce.

Il discorso con Nancy mi aveva aperto gli occhi. Le sue parole taglienti mi avevano tenuto sveglio quasi tutta la notte. A differenza del loro resort, quello in cui mi ero rintanato non era stato costruito per l'inverno. Oltre a un generatore a gas propano di riserva, che manteneva una temperatura interna vivibile e conservava gli alimenti, il telefono satellitare era fuori uso e il mio cellulare non aveva campo. Lì a terra, nel bel mezzo del nulla, non ero riuscito a chiamare assolutamente nessuno, quindi all'atterraggio avevo chiesto alla torre di controllo di avvisare la centrale di Willow Brook delle mie condizioni. Poiché il mio arrivo era previsto quel pomeriggio, avevo preferito mandare mie notizie perché nessuno si preoccupasse.

Al terzo squillo, rispose la segreteria di Holly. "Cazzo," mormorai, mentre ascoltavo la sua voce.

Ehi, ehi! Se mi stai chiamando, sai già chi sono. Lascia un messaggio e ti richiamo quando posso.

Al suono della sua voce, un sorriso mi incurvò le labbra. La tentazione di confessarle tutto per messaggio era forte, ma non mi sembrava comunque corretto nei suoi confronti.

"Ehi, Holly, sono Nate. Ho visto che mi hai chiamato. Sicuramente avrai capito che ieri notte non avevo campo. Ho provato a chiamarti anche stamattina, ma prendeva ancora malissimo. Adesso sono in volo e dovrei essere lì a Willow Brook in un'oretta."

Chiusi la chiamata e lanciai il telefono nel portabicchiere tra i due sedili, poi contattai la torre di controllo per confermare l'orario previsto di arrivo. Prima di partire, avevo aspettato che il cielo si liberasse. Nel primo pomeriggio era tornato di un magnifico azzurro acceso, una cartolina col sole che brillava sopra le cime dei monti. Il vento alle mie spalle mi stava aiutando a recuperare un po' di ritardo. Con Holly come pensiero fisso, c'era soltanto una domanda che mi aleggiava nella mente: tutti quei sentimenti ardenti e travolgenti che provavo per lei... li ricambiava?

La rotta di volo mi portò a Willow Brook da est. Come se di sfortuna non ne avessi già avuta abbastanza, un paio di gabbiani schizzarono verso l'aereo e finirono risucchiati da uno dei motori.

"Ma porca troia," mormorai, contattando subito la torre di controllo mentre allo stesso tempo cercavo di pilotare l'aereo con un motore fuori uso.

Capitolo Ventotto

HOLLY

Maisie sollevò lo sguardo dalla sua scrivania, alla centrale di Willow Brook. Come scosse la testa, fece rimbalzare i riccioli castani. "Se Nate ti ha lasciato un messaggio, allora significa che va tutto bene. Se avessi qualcosa da dirti, giuro che l'avrei già fatto."

Mi morsi il labbro e distolsi lo sguardo, cercando di darmi una bella calmata. Ero nervosa e inquieta da tutta la mattina. Già quella notte avevo dormito qualcosa come un'oretta. Poi mi ero accorta troppo tardi che Nate mi aveva chiamata mentre ero sotto la doccia, quindi non ero riuscita a rispondere. Da lì, la mia ansia non aveva fatto altro che aumentare.

Frustrata all'estremo, avevo chiamato all'ospedale per chiedere il pomeriggio libero, cosa che non avevo praticamente mai fatto. Chris si era offerto di coprire il mio turno e mi aveva anche fatto un bel discorsetto di incoraggiamento. Secondo lui ero palesemente innamorata di Nate e mi spinse ad agire, invece di continuare a starmene con le mani in mano.

Ero andata da Maisie per chiederle informazioni

sull'arrivo di Nate. Non era riuscita a darmi le risposte che cercavo e l'angoscia mi stava consumando. Maisie rispose al telefono e mi spinsi via dal bancone per avvicinarmi alle finestre, le braccia conserte. Per l'ansia, non riuscivo a stare ferma per neanche un secondo.

Qualche minuto dopo, la sentii salutare e chiudere la chiamata. Vi fu una pausa e poi mi lanciò un'occhiata, mentre io continuavo a girare in cerchio. "Sai, forse dovresti riflettere a fondo su quello che provi," mi disse.

Mi bloccai e tornai alla sua scrivania. "Su cos'è che dovrei riflettere?"

Alzò gli occhi al cielo e scosse lentamente la testa. Maisie era una ragazza davvero adorabile, con i suoi riccioli castani, le guance rotonde, due grandi occhi marroni e le lentiggini che le puntellavano il viso. Era molto spiritosa e diretta, qualità che solitamente apprezzavo molto e che avevamo in comune. In quel momento, però, avevo bisogno di più chiarezza.

"Che intendi?"

"Sei innamorata di Nate e devi fartene una ragione," rispose prontamente, facendomi maledire la sua schiettezza.

"Questo mica lo sai," replicai, sulla difensiva.

Per nulla scoraggiata, Maisie alzò di nuovo gli occhi al cielo. "Sì che lo so. Quando lo vedo, lo riconosco. Come la pornografia."

"L'amore sarebbe come la pornografia?"

"Oh, mio Dio." Si tolse le cuffie e affondò il volto tra le mani. Quando riportò lo sguardo su di me, scosse ancora la testa.

"No, non sto dicendo che l'amore e la pornografia sono uguali. Ricordi quel giudice della Corte Suprema che ha detto proprio: 'Quando lo vedo, lo riconosco'?"

"Ehm, forse," risposi, cominciando a ricordare vagamente l'episodio.

"Si riferiva al fatto che quando vedeva un'oscenità sapeva identificarla," mi spiegò Maisie. Inclinai la testa di lato, confusa dal fatto che ricordasse così bene quell'evento, e aggiunse, "Un tempo pensavo di voler studiare giurisprudenza, ma poi ho cambiato idea. Comunque sia, stiamo divagando ed è colpa mia. Sto solo dicendo che è chiaro come il sole che lo ami."

Il cuore martellava con talmente tanta forza contro le costole da far male. Temevo quasi che potesse lasciare dei lividi. Avevo anche lo stomaco sottosopra, in un misto di ansia, inquietudine e paura.

Al sentire la parola *amore*, il battito aveva preso a galoppare con furia selvaggia. Non mi ero mai neanche permessa di metterla in relazione con Nate. Era una parola proibita, che avevo vietato dalla mia mente.

Il sesso aveva già complicato tutto, soprattutto perché avevo perso la verginità con lui e non riuscivo più a togliermelo dalla testa. Qualche sera prima, quando avevo visto quella donna che ci stava provando con lui, la mia reazione aveva messo l'accento su quel caos che si era venuto a creare. Soltanto il pensiero mi provocava un lampo di collera e un certo imbarazzo. Non mi piaceva essere il tipo di donna gelosa, come non mi piaceva aver abbandonato il buon senso per lasciarmi coinvolgere con un uomo che non aveva mai dimostrato di volere una relazione seria. Ma il mio corpo e il mio cuore non volevano saperne di dare retta alla ragione

"Lo credi davvero? Sul serio?" le chiesi, sperando con tutta me stessa che mi dicesse il contrario.

Maisie annuì lentamente e il suo sguardo si addolcì. "Questa parte qui è terribile. Una vera e propria schifezza."

"E tu che ne sai? L'amore che prova Beck per te ha quasi del ridicolo. Sembrate ancora due veri piccioncini, pur avendo due bimbi."

Maisie scoppiò a ridere. "Oh, guarda che litighiamo anche noi. E tanto. Fidati. Il primo periodo che ho passato qui non ci conoscevamo molto, ma sappi che ero una vera stronza. Diciamo che non mi sono esattamente gettata tra le sue braccia, ecco."

Mi sfuggì una risata incredula. "Sul serio?"

In effetti, i conti mi tornavano tutti. Il suo carattere aveva un tratto tagliente, poi era anche molto schietta e sarcastica. Sapevo della sua infanzia problematica, ma ci eravamo conosciute sul serio soltanto dopo che si era messa insieme a Beck. Ci eravamo avvicinate dopo il ritorno di Ella a Willow Brook, durante le varie serate tra donne a cui mi aveva trascinata la mia migliore amica.

Feci un respiro profondo e costrinsi il mio cuore a placarsi, così la guardai negli occhi. "Cosa dovrei fare?" le chiesi. Amavo ricevere risposte. Era proprio per quello che a scuola ero sempre stata molto brava. Ero uscita tra i migliori studenti sia alle superiori che all'università. Mi piaceva scoprire le risposte ai miei quesiti perché così potevo dare un senso alla vita. Infatti, odiavo quel senso di incertezza e quella confusione di sentimenti che stavo provando in quel periodo.

Il mio cuore era praticamente impazzito e la notte prima non avevo fatto altro che pensare a Nate. Avevo dormito a malapena, troppo angosciata per riuscire a chiudere occhio. Certo, l'idea che potesse trovarsi in un resort deserto, nel bel mezzo di una tempesta, insieme a un'altra donna mi aveva fatta star male, ma non mi piaceva neanche l'idea che fosse completamente solo.

"La risposta più ovvia è che ci devi parlare," mi disse, il tono affettuoso.

L'emozione mi opprimeva il petto, mentre il cuore continuava a martellare con furia. Soltanto il pensiero di dovergli confessare i miei sentimenti mi terrorizzava. Se non mi fossi mai dichiarata, allora non avrebbe neanche mai potuto rifiutarmi. Avremmo trovato un modo per recuperare la nostra amicizia e col tempo avrei imparato a voltare pagina.

Dato che non le risposi, Maisie riprese il filo della conversazione. "La vostra situazione è già complicata, quindi non ha senso esitare. Tornare a essere semplicemente amici come prima è impossibile. Io ti dico che ti devi buttare. È un po' come correre sui carboni ardenti."

"Correre sui carboni ardenti?" Mi sentivo un pappagallo.

"Devi farlo senza pensarci. Confessagli quello che provi e poi al resto ci penserai dopo."

Sentivo l'incessante martellio contro la cassa toracica. In quel momento, squillò il telefono della centrale. Maisie infilò in un lampo le cuffie e rispose.

"Oh. E sta bene?" Fece una pausa, mentre l'altra persona rispondeva alla sua domanda. Non sapevo di cosa stessero parlando. Il suo sguardo schizzò nel mio, attraversato da un lampo di angoscia.

"Che c'è?" le chiesi.

Maisie sollevò un dito e annotò qualcosa prima di chiudere la chiamata. Quando riportò gli occhi nei miei, feci fatica a interpretare la sua espressione. "Nate sta bene. È arrivato al piccolo aeroporto che c'è dall'altra parte del paese. Due gabbiani gli hanno distrutto un motore, quindi l'atterraggio è stato alquanto brusco. Però sta bene, non si è fatto assolutamente nulla. Rex mi ha chiamata per informarmi perché era lì in zona e l'ha visto."

Non mi fermai neanche a risponderle. La parola *bene* continuava a riecheggiarmi nelle orecchie mentre correvo verso la macchina.

Ma non mi era sfuggito quel mezzo sorriso che aveva Maisie sulle labbra.

Capitolo Ventinove

HOLLY

L'aeroporto di Willow Brook, se si poteva chiamare così, si trovava ai margini del paese, oltre l'ospedale. C'erano alcuni hangar e una piccola pista, nient'altro. C'ero già stata con Alex, ma in effetti non avevo mai pensato al fatto che quello fosse in tutto e per tutto territorio di Nate. Due degli hangar, infatti, erano proprio suoi.

La ghiaia prese il posto dell'asfalto quando imboccai la stradina sterrata che portava all'aeroporto. Nonostante l'avessero pulita dalla neve, a una curva la macchina slittò appena sulla superficie scivolosa. Il battito del mio cuore accelerò ulteriormente. Rallentai e sterzai per mantenere dritta la macchina. Per fortuna, avevo molta esperienza con le strade ghiacciate, quindi sapevo come guidare d'inverno. Senza fatica, riuscii a riprendere il controllo sull'auto.

Quando la pista di atterraggio apparve dietro l'angolo, vidi due volanti della polizia insieme a un mezzo di soccorso. Soltanto allora ricordai le parole di Maisie, ovvero che Rex aveva assistito alla scena. Poi non le avevo lasciato il tempo di aggiungere altro.

Mi chiusi la portiera alle spalle e attraversai di corsa il parcheggio per raggiungere la pista, cercando Nate con lo sguardo. Nonostante Maisie mi avesse detto che non gli era successo nulla, la mia ansia non voleva saperne di placarsi. L'aereo si trovava poco distante, leggermente inclinato. A prima vista, sembrava che una delle ruote avesse preso un brutto colpo durante l'atterraggio.

Finalmente, trovai Nate poggiato al muso dell'aereo, che parlava con Rex Masters, ovvero il capo della polizia di Willow Brook nonché il padre di Ella. Senza neanche fermarmi a guardare chi altro c'era, mi misi a correre verso Nate, il cuore in gola.

All'improvviso, inciampai su una roccia. La neve che costeggiava la pista era scivolosa come il ghiaccio. Le piste di atterraggio nelle zone rurali dell'Alaska non erano esattamente come quelle più conosciute dal resto del mondo. Raramente erano asfaltate e, seppur tenute in ottime condizioni, i piloti come Nate dovevano essere pronti ad atterrare su ghiaia e neve. Willow Brook si occupava di tenere la pista libera con sale e sabbia, ma tutto ciò che c'era intorno non veniva curato.

Crollai sul terreno ghiacciato con un grugnito. Una fitta di dolore partì dal fianco e si diffuse in entrambe le gambe. Il terreno gelato non risparmiava nessuno. Una superficie completamente solida, senza nessun punto che potesse attutire la caduta.

Mi si mozzò il fiato e lacrime calde mi colmarono gli occhi per il dolore acuto. Però lo ignorai e provai ad alzarmi in piedi. Ovviamente, il mio arrivo maldestro aveva attirato gli sguardi di tutti. Quando sollevai lo sguardo, vidi Nate che correva verso di me, rallentando quando raggiunse il terreno ghiacciano.

"Ehi, stai bene?" mi chiese.

Dato che ancora non ero riuscita a riprendere fiato, mi raggiunse pure prima che potessi rispondere. Si inginocchiò e il suo sguardo color cioccolato fondente mi scrutò dalla testa ai piedi. Non appena i suoi occhi incrociarono i miei, tutte le emozioni che avevo tenuto a bada per settimane esplosero all'unisono, come un'onda che si infrangeva sulla riva. Col viso rigato di lacrime, annuii.

Pareva sempre più preoccupato. "Sei sicura?"

Annuii di nuovo e fece per prendermi tra le braccia, quando un altro paio di scarponi apparve alle sue spalle.

Sollevai dunque la testa e vidi che Rex l'aveva seguito, insieme a Caleb. Dato che per me Rex era sempre stato come un padre, vista l'amicizia con Ella, non potevo certo ignorarlo. E, ovviamente, anche Caleb era curioso. Però non mi piaceva l'idea di avere così tanti spettatori. Mi sentivo messa a nudo, debole, vulnerabile. Avevo anche molto freddo e il dolore al fianco era sempre più intenso, quasi pulsante.

"Sicura di stare bene?" mi chiese Rex.

Nate lo guardò. "Dateci un minuto," disse in tutta fretta.

Caleb mi lanciò un'occhiata e comprese subito la situazione. Così, annuì e si voltò per andarsene, dando una leggera gomitata a Rex prima che potesse mettersi a fare altre domande. Lo sguardo di Rex schizzò tra me e Nate, finché non gli si accese la lampadina. Annuì a sua volta e se ne andò con Caleb, tornando verso l'aereo.

Quando furono abbastanza lontani, Nate mi carezzò il braccio e lasciò la mano nell'incavo del gomito. Ero seduta in una posizione molto poco elegante sul cumulo di neve, con un ginocchio piegato in modo quasi innaturale e l'altra gamba distesa sul terreno. "Sto bene," mormorai, con una lacrima che mi rigava il volto.

"D'accordo. Stamattina ti ho chiamata, hai ricevuto il mio messaggio?" mi chiese.

Occhi nei suoi occhi, sentii un'altra lacrima fresca che scendeva sulla guancia. Un vortice di emozioni mi turbinava dentro. Quella caduta rovinosa rappresentava alla perfezione il mio turbamento interiore. Mi ero precipitata lì senza pensare, guidata semplicemente dai miei sentimenti. E Nate era lì, davanti a me, senza neanche un graffio proprio come mi aveva detto Maisie.

Non ci dicemmo nulla, ma era come se stessimo comunicando comunque. Restammo a guardarci a lungo, finché lui non si chinò verso di me e premette le labbra su una guancia, cominciando a tempestarla fino ad arrivare alla bocca. Rimase fermo così per qualche istante, il punto di contatto che ardeva incandescente, in contrasto al freddo che ci circondava.

Fu un bacio fugace, ma talmente intenso da far battere il mio cuore all'impazzata.

"Sai, forse dovremmo parlare," mi disse, la voce ruvida. "Però..."

"Credo di amarti," dichiarai, interrompendolo. Le parole erano come uscite da sole dalla mia bocca.

Restò a fissarmi un po' troppo a lungo, tanto che avrei voluto potermi rimangiare tutto. Maledetta la mia bocca larga. Non era certo la prima volta che aveva parlato senza dare retta al cervello.

Gli occhi di Nate ardevano ferocemente. "Beh, meno male. Perché io non *credo* di amarti. Lo *so* che ti amo."

Al che, scoppiai a piangere come una fontana.

In quel momento vidi che stava arrivando Dana, una soccorritrice, probabilmente preoccupata che stessi piangendo perché mi ero fatta male nella caduta. "Stai bene?" mi chiese, correndo verso di noi.

Feci qualche respiro tremolante e tirai su col naso, passandomi la manica del giaccone sul volto.

"Qui non possiamo stare soli. Devo occuparmi di alcune cose pratiche perché uno dei motori dell'aereo è andato. Purtroppo non posso andarmene subito, mi dispiace," disse Nate, a voce bassa.

"Lo so." Provai ad alzarmi, ma scivolai ancora una volta. "Ahia," mormorai, cadendo sullo stesso fianco. Povero disgraziato. Incrociai lo sguardo di Nate e scossi la testa. "Avrò anche un culone, ma non ha comunque attutito la caduta."

"E sappi che io quel culo lo amo," rispose con un sorriso, appena prima che Dana ci raggiungesse.

"Sto bene, giuro," le dissi, incrociando il suo sguardo preoccupato. Onestamente, trovavo un certo sollievo in quella confusione che si era venuta a creare attorno a me. Stavo naufragando in un mare di emozioni, travolta dalle sue correnti insidiose. Per fortuna, però, avevo qualcos'altro su cui potermi concentrare.

Dana guardò prima me e poi Nate. Anche se captò qualcosa, non commentò comunque. "Sei sicura?" mi chiese, mentre lui mi stava aiutando ad alzarmi.

"Sicura. E sono anche sicura che mi rimarrà un bel livido sul fianco, ma per il resto va tutto bene."

Feci un timido passo, ma una fitta di dolore mi pervase. Pur zoppicando, riuscii a raggiungere il resto del gruppo davanti all'aereo di Nate.

"Resti qui?" mi chiese Nate, mentre Dana tornò al mezzo di soccorso.

"Direi di sì. Non vedo la tua macchina da nessuna parte," affermai, guardandomi attorno.

"Mi ha accompagnato Caleb, alla partenza. Poi ho

lasciato il pick-up dal meccanico per far cambiare l'olio, quindi oggi è tornato a riprendermi. Ma se vuoi, posso venire con te," disse, in tono giusto un poco interrogativo.

"Certo."

"Sicura?"

"Io non me ne vado da nessuna parte," dichiarai convinta, con una botta di coraggio che era riuscita a fuggire da quella tempesta di emozioni che mi imperversava dentro.

Mi carezzò la schiena con una risata e Rex ci raggiunse proprio in quel momento. "Perché c'è anche l'ambulanza?" chiesi.

"Perché erano già qui vicino quando ho ricevuto la chiamata dalla torre di controllo. Sapevamo già che non gli era successo nulla, ma dato che si trovavano a un paio di minuti da qui sono venuti comunque, per ogni evenienza," mi spiegò Rex, per poi rivolgersi a Nate. "Forse è meglio se cominciamo a compilare i documenti."

Rex e Nate si misero al lavoro su un tablet pc e scattarono anche alcune fotografie dell'aereo. Mentre aspettavo poggiata al paraurti posteriore dell'ambulanza, pervasa da brividi di freddo, Caleb mi raggiunse e si fermò davanti a me.

"Ho saputo che il mio servizio taxi non è più richiesto," commentò con un sorriso.

Gli sorrisi a mia volta. "Già, Nate lo accompagno io."

Caleb mi guardò a lungo, lo sguardo serio. "Era anche ora, porca miseria."

"Eh?"

"Tu e Nate."

Capitolo Trenta
Nate

Finimmo con le varie pratiche quando ormai era già tardi. Rex aveva provato ad accorciare i tempi il più possibile, ma in fondo ero atterrato nel tardo pomeriggio. L'ambulanza e mio fratello se n'erano già andati, quindi eravamo rimasti soltanto io, Rex e Holly, col sole che scompariva lentamente dietro l'orizzonte. Cocciuta come al solito, Holly aveva insistito per restare all'esterno insieme a noi, nonostante il freddo che chiaramente sentiva.

Stava tremando nel suo giaccone blu acceso, con dei jeans e gli scarponi. Mentre mi avvicinavo, il suo sguardo non lasciò mai il mio.

"Potevo accompagnarlo io a casa, sai," le disse Rex, con un sorrisetto.

Imperturbata, Holly socchiuse semplicemente gli occhi. "Non ce n'è bisogno. Sono qui per questo."

Rex rise e mi diede una pacca sulla spalla, prima di allontanarsi verso la volante. E così, io e Holly restammo da soli, nell'aria il suono del motore dell'auto di Rex che si allontanava.

Il mio aereo era già nell'hangar e la macchina di Holly ci aspettava nel parcheggio fuori dalla pista. Mi fermai davanti a lei e infilai le mani nelle tasche del giaccone blu, per trovare le sue. "Hai freddo?" le chiesi, avvicinandomi di più.

Chiusi le dita sulle sue mani fresche. Per la prima volta, mi ritrovai ad apprezzare seriamente delle tasche, trovandole spettacolari perché abbastanza capienti da contenere sia le mie mani che le sue.

"Un pochino," rispose. "Sei pronto?"

"Prontissimo."

Non riuscivo più a trattenere l'impulso di baciarla. Aveva le guance arrossate e gli occhi che brillavano nell'imbrunire. Le lentiggini che le puntellavano il naso e le guance spiccavano. Chinai dunque il capo e posai delicatamente la bocca sulla sua. Al contatto con le labbra calde, una scossa elettrica si scatenò tra di noi. Non riuscii a trattenere un sorriso. Provavo un sollievo immenso ed ero felice come non mai. Un attimo dopo, sentii anche le sue labbra incurvarsi all'insù.

"Che c'è?" mormorò, muovendo le labbra sulle mie. La frizione fu come una pietra focaia che sfregava sul mio desiderio. Era sempre così, mi bastava averla intorno e sentivo sempre il bisogno di farla mia.

"Sono solo contento che tu sia qui." Feci scivolare la lingua sulle sue labbra, lasciandomi sfuggire un grugnito.

La sua bocca dolce e calda mi accolse volentieri. Come al solito, quando la baciavo, mi sentivo avvolto da fiamme ardenti. La sua lingua si mosse sulla mia in una carezza sensuale. Senza esitare, Holly si avvicinò ancora di più e sfilò una mano dalla tasca per tirarmi a sé. Con un altro grugnito, mi staccai dalle sue labbra e tracciai una scia ardente di baci lungo il collo per poterla gustare.

Una folata di vento gelido e pungente ci travolse, facendole venire la pelle d'oca. Sollevai la testa per guardarla e mi venne subito duro. Le labbra rosee erano gonfie dal bacio, mentre il respiro corto formava piccole nuvolette di condensa nell'aria.

"Andiamo," le dissi, la voce resa ruvida dall'emozione e il desiderio.

La presi per mano e mi voltai anche se a malincuore, ma dovevamo assolutamente rintanarci in un posto più caldo. Attraversammo il parcheggio fino alla sua macchina, il cielo tinto di rosa sopra le nostre teste che presto avrebbe assunto tonalità blu scuro. In lontananza si vedevano i profili scuri delle montagne, mentre alcune stelle brillavano già nel cielo. Un'altra folata di vento ci soffiò contro, facendo volteggiare i capelli biondi di Holly, un raggio di sole nella sera.

———

Appena saliti in macchina, Holly dichiarò che saremmo andati a casa mia. "Ma tu abiti più vicino," le feci notare.

Non mi vergognavo di ammettere che ero impaziente. Volevo averla nuda e penetrarla il prima possibile. Allungò la mano per alzare la temperatura e si voltò a guardarmi. "Ma il tuo letto è più bello."

Scoppiai a ridere, con un senso di gioia sconosciuto che mi stringeva il cuore come una morsa. C'erano tante cose che non pensavo sarebbero mai successe. Tra quelle, che tra me e Holly potesse mai esserci davvero qualcosa. La vita ci aveva ostacolati e condotti su due strade differenti.

"Allora andiamo da me."

Qualche minuto dopo, ci stavamo togliendo la neve dagli scarponi per entrare in casa. Quel breve viaggio era stato una dolce tortura. Con le strade scivolose, avevo preferito tenere a posto le mani. Holly, però, aveva deciso di sedurmi. Nonostante le mie proteste, mi aveva sbottonato i pantaloni e l'aveva fatto diventare duro come il marmo.

Quello era il momento per vendicarmi. Appena si chiuse la porta alle spalle, ce la spinsi contro e catturai la sua risata con un bacio.

Il resto accadde tutto in un lampo. I vestiti formavano mucchietti informi sul pavimento, tracciando il sentiero che dal soggiorno portava al piano di sopra. Le mutandine di Holly furono l'ultimo indumento rimasto, ma volarono presto oltre la balaustra che correva fuori dalla mia camera da letto, per atterrare sull'isola della cucina.

Holly ansimava, sussultava ed era già bagnata fradicia quando affondai le dita in lei. Barcollando, si resse con forza alla balaustra. Non le avevo dato tregua, infatti ero già riuscito a farla esplodere con le dita e la lingua qualche minuto prima, prima di salire le scale. Sentivo che anche io stavo perdendo assolutamente il controllo, il membro umido dall'eccitazione.

Quando abbassai lo sguardo, le carezzai la curva del sedere morbido come se non potessi trattenermi dal toccarla. Con l'altra mano afferrai la base dell'asta e, senza esitare, Holly si piegò sulla balaustra e divaricò le gambe. In un attimo, le carezzai le labbra bagnate con la cappella, che scivolò sui suoi umori.

"Cristo, Holly," mormorai. "Non sai quanto cazzo mi sei mancata."

La sua risposta non fu altro che un grugnito gutturale quando mi spinsi a fondo in lei. I miei movimenti erano calcolati e lenti, molto lenti, e sentivo ogni suo muscolo che pulsava attorno al membro. Mi ritrassi e sussultò quando affondai di nuovo e assecondò il movimento con il bacino.

"Siamo stati lontani troppo a lungo," mormorai.

Lanciò un urlo quando la penetrai di nuovo. Però ancora non mi bastava, avevo bisogno di vederla. Mi ritrassi rapidamente e la voltai, sollevandola tra le braccia per portarla in camera da letto. Come raggiunsi il letto, mi allungai sopra di lei e affondai di nuovo nella sua dolce femminilità. Sollevò il bacino e mi strinse la vita con le gambe, la pelle vellutata che strofinava contro la mia.

Rimasi fermo e mi sollevai su un gomito, quindi le spostai i capelli dal viso. "Voglio sapere una cosa," mormorai, la voce roca colma di emozione. Mi si strinse il cuore, che batteva con forza nel petto. Holly aprì gli occhi e incrociò i miei. "Quando l'hai capito che mi ami?"

Rimase a fissarmi per un istante, il seno che premeva conto di me a ogni respiro irregolare. Un lampo di vulnerabilità le attraversò gli occhi. Spezzai dunque il silenzio. "Perché io l'ho capito tanto tempo fa. Magari era un amore diverso, ma era pur sempre amore. Sin dai tempi delle superiori."

Sbarrò gli occhi e le si mozzò il fiato. "Oh," disse, e una lacrima le rigò il volto. "A quei tempi non ci capivo molto, ma mi piacevi e poi è successo tutto quel casino," disse dolcemente.

"Lo so."

"Per rispondere alla tua domanda, credo di essermene resa conto l'anno scorso. Non sai quanto la cosa mi ha fatto paura."

L'emozione mi serrava la gola, ma andava bene così. Perché ero lì con Holly e nulla poteva essere più giusto e naturale.

"Io lo sapevo già anche allora, ma non ero pronto ad affrontare i miei sentimenti. Eri la protagonista delle mie fantasie da sin troppo tempo."

Sbarrò ancora gli occhi. "Delle tue fantasie?"

Annuii lentamente. "Già, per anni."

Detto ciò, catturai le sue labbra in un bacio e finalmente, *finalmente*, mi ritrassi e affondai di nuovo in lei. Sapevo che le mancava poco perché conoscevo il suo corpo alla perfezione. Dopo qualche spinta, abbassai la mano e cominciai a massaggiare il clitoride gonfio, senza smettere di muovermi nel suo sesso caldo e stretto.

Lanciò un urlo acuto e lasciò cadere la testa sui cuscini, mentre il corpo tremava dalla testa ai piedi e i muscoli del canale mi stringevano come una morsa. Così, mi lasciai andare e l'orgasmo mi travolse mentre mi riversavo in lei. Crollai su di lei e spostai il peso su un fianco. Però non volevo spostarmi, non volevo separarmi da lei.

Mentre eravamo lì fermi a riprendere fiato, Holly si fece una dolce risata.

"Che c'è da ridere?"

"Domani è San Valentino. Direi che finalmente potrai prenderti quell'appuntamento che hai pagato."

Scoppiai a ridere alle sue parole. "Puoi dirlo forte. In fondo, me lo devi."

Ancora una volta, mi ritrovai nel backstage di un evento di beneficienza ad Anchorage. Ancora una volta, ero strizzata in un costumino succinto da infermiera. Però quella sera c'erano due grosse differenze. Uno: non era Halloween, ma San Valentino. Due: era stato Nate a supplicarmi di vestirmi a quel modo.

Sorrisi tra me e me mentre aggiustavo il top e poi alzai gli occhi al cielo. Pure quella volta il seno generoso minacciava di fuoriuscire da ogni parte. Avevo detto a Nate che avrebbe potuto vedermi in quell'outfit soltanto per qualche minuto.

Quando Megan mi aveva chiesto di partecipare anche quell'anno all'evento di

Halloween, mi ero rifiutata. Però aveva opportunamente omesso che la storia del costume non fosse affatto collegata alla festa. Le aste di appuntamenti si tenevano a ogni evento e venivano raccolti tantissimi soldi.

Avevo già discusso con Nate perché aveva intenzione di spendere altri cinquemila dollari — o persino di più, se necessario — per vincere un appuntamento con me. Aveva insistito dicendo che era per una buona causa. Una cosa che avevo imparato in quell'ultimo anno, dopo il nostro primo San Valentino insieme, era che c'erano ancora molte cose che non sapevo sul suo conto.

Pur conoscendolo da una vita intera, restavano comunque diversi aspetti della sua vita che stavo scoprendo solo col tempo. Per esempio, non avevo mai realizzato quanto fosse redditizio il suo lavoro. Oh, nulla di troppo assurdo, non era certo miliardario, ma guadagnava comunque una barca di soldi che sapeva investire e gestire in modo molto saggio. Giusto qualche mese prima, aveva speso una cifra considerevole in un nuovo resort che stavano costruendo a circa un'oretta a nord di Willow Brook. In breve, poteva permettersi di donare cinquemila euro. Quando gli avevo fatto notare che poteva semplicemente fare una donazione diretta, mi aveva risposto che non avrebbe mai permesso a nessun altro di vincere un appuntamento con me.

Al ricordo del bisticcio e del sesso riconciliatore da urlo che ne era seguito, un rossore mi tinse le guance e mi allontanai dallo specchio. Mentre uscivo dal camerino, mi resi conto che era passato un anno e mezzo dall'ultima volta che avevo messo i tacchi alti, ovvero da quel fatidico Halloween. Il che non faceva che dimostrare quanto poco mi preoccupassi del mio aspetto. Mi fermai al baretto improvvisato nel backstage. Ethan si trovava dietro il tavolo, tutto in tiro in un abito gessato grigio. Quella sera, era accompagnato da un altro barista.

"Oh, ma ciao, Holly," mi accolse Ethan con un sorriso. "Non credo di averti mai presentato Jack, mio marito. Jack, lei è Holly. L'anno scorso ha battuto il record per la donazione più alta. Speriamo che anche quest'anno ripeta il colpo grosso." Mi fece l'occhiolino. "Questa volta quanti shot di tequila ti faccio?"

"Solo uno," risposi con un sorriso. "Ho giusto bisogno di un po' di coraggio liquido. E per quanto riguarda la donazione, ho una garanzia."

"Una garanzia?" chiese Jack. Lui ed Ethan formavano proprio una bella coppia. Il primo con i capelli neri punteggiati d'argento e gli occhi azzurri, mentre il secondo con i capelli argentati e occhi di un azzurro perfino più intenso. Un luccichio faceva brillare i loro sguardi e l'affetto che condividevano era palpabile.

"Proprio così. Ricordi com'è andata l'anno scorso?" chiesi a Ethan.

"Oh, sì. Dopo l'asta ti ho vista molto turbata. Però..." Si fermò e socchiuse gli occhi. "Che c'è?"

"No, no. Finisci pure."

"Stavo solo dicendo che l'ho capito subito che quel tipo ti piaceva, anche se non sembravi molto contenta che avesse vinto proprio lui," aggiunse Ethan, con un sorriso d'intesa.

"Già, infatti mi piaceva proprio tanto. Pensa un po', adesso è diventato mio marito."

Ethan batté le mani e fece il giro del tavolo per stringermi in un abbraccio. "Ma è incredibile! Uno dei nostri appuntamenti ha portato al lieto fine. Dobbiamo usare la vostra storia per farci pubblicità." Ethan lanciò un'occhiata a Jack, che si strinse nelle spalle con una risata.

"Guarda che se non gli dici di no ti ritroverai su tutte quelle pubblicità," mi avvisò Jack.

Risposi con una scrollata di spalle. "Ah, ma non è un problema. Se serve a raccogliere più fondi, allora accetto volentieri."

Jack mi versò un generoso shot di tequila e continuammo a chiacchierare finché Megan non venne a chiamarmi per portarmi sul palco.

Ancora una volta, la luce abbagliante dei riflettori mi permetteva di vedere soltanto la prima fila, ma quando sentii la voce di Nate che urlava il mio nome un brivido mi pervase tutta. Alla fine del mio turno, lasciai il palco e mi fermai a battere il cinque a Megan e a incoraggiare il ragazzo che sarebbe salito dopo di me, che non pareva affatto entusiasta di essere lì.

Ethan mi accompagnò al camerino ad attendere il vincitore dell'asta. A differenza dell'ultima volta, non mi sentivo né nervosa né tanto meno preoccupata, perché in fondo sapevo già chi sarebbe arrivato.

Poco dopo, infatti, la porta si aprì e Nate entrò nella stanza. Se la chiuse alle spalle e rimase lì fermo. Ero assolutamente convinta che non mi sarei mai stancata di guardarlo. I capelli castani erano un po' scompigliati, gli occhi di un'intensità unica. I jeans e la semplice maglietta che indossava abbracciavano alla perfezione ogni muscolo.

"Vieni qui," gli ordinai, il cuore che batteva all'impazzata di fronte alle fiamme ardenti che bruciavano nei suoi occhi. Senza esitare, si avvicinò.

"Questa volta ti conviene non farmi aspettare. L'appuntamento lo voglio stasera stessa," dichiarò, fermandosi di fronte a me.

Fece un altro passo e mi carezzò la schiena. Determinato a non perdere tempo, sollevò la gonna e palpò il sedere.

"Holly, non porti le mutandine," mormorò, la voce roca. Fece scivolare le dita lungo la curva della natica, fino a infilarle nella fessura tra le cosce.

"Mmhmmh," risposi, con un sussulto.

Un brivido incandescente mi pervase quando chinò la testa e passò la lingua sul punto tanto delicato dietro il mio orecchio. Mi venne la pelle d'oca. Si sollevò e il suo sguardo si fece ancora più intenso, tanto da mozzarmi il fiato. Il cuore batteva all'impazzata, mentre un calore languido si stava diffondendo nel basso ventre.

Fece scivolare le dita sul mio sesso umido e caldo. Avevo deciso di non mettere le mutande perché mi divertivo a provocarlo. Però, continuavo a dimenticarmi quanto lui fosse bravo a farmi impazzire. In quel momento, sentivo l'impellente bisogno di averlo dentro di me.

"Ti voglio," sussurrai, insofferente.

Un'altra cosa che avevo imparato su Nate era che riusciva sempre a soddisfare tutti i miei bisogni. Pur non avendo altre esperienze con cui poter fare paragoni, almeno ai preliminari c'ero già arrivata anche prima di perdere la verginità. Ecco, tutto il resto non era niente paragonato a quello che mi faceva provare lui. In un lampo, si voltò e chiuse a chiave la porta, per poi spingermi contro di essa. Armeggiò con i jeans e liberò l'erezione, per spingersi subito dentro di me. Fu un rapporto bollente, breve e rapido.

Dopodiché, Nate rimase ad aspettare mentre mi liberavo di quello sciocco costume da infermiera per mettere dei jeans e un maglione. Alla fine, uscimmo mano nella mano. Ethan e Jack si trovavano ancora al bar, perché la serata sarebbe stata ancora lunga. "Dove andate, piccioncini?" chiese Jack, facendo l'occhiolino.

Mi voltai a guardare Nate. "Dove vuoi cenare?" gli domandai.

"Mi hai promesso un hamburger."

Con una risata, lo seguii fuori nel freddo inverno. Febbraio era il periodo peggiore, in Alaska.

"L'anno scorso non siamo riusciti a tornare per un

appuntamento," commentò Nate, voltando lo sguardo verso il mio.

"No, hai ragione. Allora mi sa proprio che te ne devo due."

Un vertiginoso senso di gioia mi esplose dentro. Una cosa era la fantasia e un'altra era la realtà. Nella storia tra me e Nate, la realtà era molto meglio.

NATE

Mi trovavo in cucina davanti, in attesa che il caffè fosse pronto e che Holly mi raggiungesse. Andai a una finestra per guardare fuori. Il panorama era ricoperto da uno strato di brina scintillante. I raggi del sole facevano brillare tutto lo scenario. Sentii dei passi e rivolsi lo sguardo al piano di sopra. I capelli biondi di Holly erano più scuri del solito, dopo la doccia, e indossava dei pantaloni da casa, un paio di calze pesanti e una maglietta. Manco a farlo apposta, un calzino era grigio, mentre l'altro verde.

Oggettivamente parlando, quell'outfit era tutt'altro che sexy. Ma Holly sarebbe riuscita a togliermi il fiato anche con indosso una busta di carta. Mentre scendeva al piano di sotto, notai che aveva le guance arrossate.

"Che c'è?" le chiesi.

"Nulla."

"Nulla?"

Ridacchiò. "Ok, non proprio nulla."

La strinsi a me. La vita insieme a Holly era un po' come scartare un regalo giorno dopo giorno, e lo amavo da morire. Prima di poterla fare mia, ero convintissimo di conoscere tutto sul suo conto. Ma mi sbagliavo di grosso. Il grande segreto sulla sua verginità continuava ancora a stupirmi. In quell'ultimo anno, avevo scoperto quanto realmente potesse essere testarda. Ma non mi importava. Neanche un pochino.

Aveva un lato più tenero che avevo visto soltanto raramente. Era anche sfacciata e insolente. Quella parte, invece, eccome se la conoscevo. Però la sua personalità aveva tante sfaccettature diverse. Teneva molto al rifugio per animali e lo visitava spesso. Infatti, avevamo adottato due bastardini. Uno dei due aveva qualcosa dell'husky, mentre l'altro del labrador.

"Ho un ritardo," disse infine, portando indietro la testa per guardarmi.

Ebbi un tuffo al cuore. "Cosa? Sei sicura?"

"Sono sicura del ritardo, ma ancora non so cosa può voler dire. Quindi è meglio se non bevo il caffè," rispose.

"Il caffè?"

Scosse la testa. "Se sono davvero incinta, allora devo trattare il mio corpo come un tempio."

Un'altra cosa che avevo scoperto su Holly era che non desiderava altro che avere dei figli. E io la appoggiavo *in pieno*. Soprattutto per tutto quel sesso che potevamo fare. Anche se nella nostra relazione quello era scontato.

Diverse ore dopo, dopo un test di gravidanza positivo, eravamo accoccolati sul divano davanti alla televisione.

Ciò che più amavo della nostra storia? Quei momenti lì. Quelli più ordinari. Quelli in cui bastava soltanto la nostra esistenza, insieme.

Voltai la testa e inspirai a pieni polmoni il profumo del suo shampoo. "Te l'ho già detto quanto cazzo sono felice che alla fine l'abbiamo capito entrambi?"

"Capito cosa?" mi chiese, con un sorriso e un luccichio negli occhi.

"Che eri destinata a essere mia," mormorai, catturando la sua bocca in un bacio.

Come al solito, Holly doveva *sempre* avere l'ultima parola, quindi si staccò dal bacio con una risatina. "Oh, no, *tu* eri destinato a essere *mio*."

Leggi una scena bonus dal libro 1, Brucia Per Me, di questa serie!

È passato ormai qualche anno da quando Amelia e Cade hanno trovato il loro lieto fine. Ecco un piccolo scorcio sul loro futuro!

Iscriviti alla newsletter: https://BookHip.com/KVNCBBV